es 1071

edition suhrkamp

Neue Folge Band 71

Gerald Zschorsch, geboren 1951 in Elsterberg/Vogtland, wurde nach der Liquidation des Prager Frühlings 1968 verhaftet. Bis 1970 Jugendhaft wegen staatsfeindlicher Hetze. 1970-1972 Arbeit am Theater. 1972 erneute Inhaftierung und wiederum Anklage wegen staatsfeindlicher Hetze. Das Urteil von fünfeinhalb Jahren strengen Strafvollzugs wurde vom Obersten Gericht der DDR auf vier Jahre verkürzt. 1974 Aberkennung der Staatsbürgerschaft der DDR und Ausweisung. Lebt heute in Gießen.
Hoffnung, Zweifel, Protest, Kritik: Zschorsch unterwegs. *Glaubt bloß nicht, daß ich traurig bin* dokumentiert den extremen Verlauf einer ost-west-deutschen Jugend.
Erzählungen, Aufzeichnungen aus dem Gefängnis, Gedichte und Lieder: eine Stimme, die mit persönlicher Radikalität herausfordert, eingreift, Stellung bezieht. Die Texte stammen aus den Jahren 1970-1978. Prosa und Gedichte bzw. Lieder sind chronologisch geordnet. Die beiden Bände *Glaubt bloß nicht, daß ich traurig bin* (1977) und *Schattenstadt* (1978) wurden revidiert und zusammengefaßt. Hinzugekommen ist »Die Stunde eines einzigen Tages«. Im Anhang ein Vorwort, das Rudi Dutschke 1977 für Zschorschs erstes Buch schrieb.

Gerald Zschorsch

Glaubt bloß nicht, daß ich traurig bin

Prosa, Lieder, Gedichte

Mit einem Text von Rudi Dutschke

Suhrkamp

edition suhrkamp 1071
Neue Folge Band 71

Satz: LibroSatz, Kriftel. Druck: Nomos Verlagsgesellschaft, Baden-Baden.
Umschlagentwurf: Willy Fleckhaus. Printed in Germany

Glaubt bloß nicht, daß ich traurig bin

Die Hose

»Na Mensch, das gibt's doch nicht! Wegen der Hose?«

»Ja, weiter war nichts!«

»Da ruf ich gleich mal an, der Genosse Erfurt macht da Sachen . . .«

»Erzähl mal, wie war das?«

»Und das vor der ganzen Schule, konnte er dir das nicht allein sagen oder mich anrufen?«

»Vortreten mußte ich, beim Fahnenappell, und der Direktor fragte, was das soll, Blauhemd und Jeans. In einer sozialistischen Oberschule gebe es so etwas nicht! Und überhaupt wäre mein Verhalten ihm schon lange aufgefallen.«

»Er hat mir nie etwas davon gesagt, auch gestern auf der Sitzung nicht. Er hätte doch was sagen können.«

»Ja, weiß ich nicht.«

»Und dann?«

»Ich solle eine Stellungnahme dazu schreiben und sie ihm geben.«

»Was willst du da schreiben?«

»Na, daß ich die Hosen praktisch finde und du nichts dagegen hast.«

»Das geht nicht, laß das mal, ich rufe ihn an und kläre das. Es gibt viel Wichtigeres als diese Jeans«, sagte sie und wählte eine Nummer.

Im Spiegel runzelte sie ihre Stirn. Es war das Runzeln einer Jugendrichterin der Deutschen Demokratischen Republik.

Meiner Mutter.

Lieben

»Willst du?«

»Ich weiß nicht, hier?«

»Jetzt hab dich nicht so, es kommt doch keiner.«

»Wirklich nicht?«

»Nein, es dauert ja auch nicht lang. Warum geht denn dein Reißverschluß nicht auf?«

»Da ist 'ne Sicherheitsnadel drin, weil er sonst nicht hält. Das ist ja noch naß hier, gib mir deine Jacke!«

»Hast du schon oft?«

»Klar!«

»Du spinnst, das kannst du mir doch nicht erzählen. Und mit wem?«

»Mit dem Martin und mit dem Bernd.«

»Macht's dir Spaß?«

»Ja, sonst würd' ich ja nicht.«

»Auch mit mir?«

»Klar.«

»Du sag mal, willst du mal heiraten?«

»Ich weiß nicht, mal sehen. Warum?«

»Na ja, ich mein' bloß mal so. Es ist doch viel besser, wenn man zusammen ist.

Und außerdem bekommt man da eine Wohnung!«

Das Denkmal

»Na, Junge, Schule schon aus?«

»Ja, und?«

»Na, ich meine bloß, ein schöner Tag.«

»Ja, da sollte man Ferien haben, meinen Sie nicht auch?«

»Doch, doch.«

»Gehst du hier in diese Schule?«

»Ja.«

»Weißt du, früher war die Parkanlage hier noch nicht. Nur das Häuschen da war.«

»Sie meinen das Toilettenhaus?«

»Ja, ja, das Toilettenhaus. Aber da war früher was anderes drin.«

»Wann früher?«

»Na so vor zwölf Jahren.«

»Was war denn da?«

»Ja, weißt du, das war damals so 'ne Sache, da waren ja in dem Haus überall Fenster und in der Mitte, drinnen, Stalin, und den hat man überall verehrt, und da war ein großes Bild von ihm, von Stalin, Tag und Nacht war es erleuchtet. Ein richtiger Stalinpavillon war das Haus. Verstehst du?«

»Ja . . . Aber wo ist das Bild heute, warum ist es jetzt eine öffentliche Bedürfnisanstalt?«

»Ja, weißt du, Junge, so ist das mit denen.«

Transit

»Kommst du morgen früh mit?«

»Ich denke schon. Du mußt aber am Fenster klopfen, mein Bruder hat den Wecker.«

»Klar, mach ich.«

»Aber nicht wie das letzte Mal, da ist meine Mutter aufgewacht, und ich konnte nicht weg.«

»Nein, ich mach schon leise.«

»Hebst du verschiedene Artikel überhaupt auf?«

»Ja, aber nur bestimmte, auch bloß die vollzähligen. Könnten die ›Westler‹ nicht mal ganze Zeitungen wegschmeißen? Immer diese halben Sachen und dann noch verklebt oder voller Kaugummi.«

»Na ja, die wissen es ja nicht, daß wir früh um halb sechs auf der Autobahn die Papierkörbe leeren.«

»Könnten sie aber.«

»Wie denn?«

»Wir können ihnen ja mal einen Zettel an den Papierkorb machen – ›Bitte nur ganze und saubere Zeitungen wegschmeißen‹!«

Wolf Biermann

»Du, ich hab wieder was.«

»Was?«

»Na, ein neues Band.«

»Ach so, bringst du es mit?«

»Na klar!«

»Was ist, wenn deine Mutter bei dir im Zimmer die Bänder einmal findet?«

»Ja, du, ich weiß nicht, keine Ahnung.«

»Macht sie Krach?«

»Ich denke schon.«

»Wir können sie auch zu mir schaffen. Da sind sie sicherer.«

»Ach nein, laß nur.«

»Wo hast du sie her? Aus dem Radio?«

»Ja! Bißchen miese Qualität, aber Hauptsache, man versteht was.«

»Klar, das ist wichtig.«

»Ist sie jetzt da?«

»Nein, auf einer Sitzung.«

»Können wir hier nicht schon mal?«

»Du, ich weiß nicht.«

»Na komm, ein Lied, ganz leise.«

»Gut, aber nur eins!«

»Okay.«

»Gib mir mal das Band und mach gleich die Tür zu.«

»Abschließen?«

»Ja, ist vielleicht besser.«

Jetzt . . . .

Wie eingepfercht in Kerkermauern
Liegt in den Mauern dieser Stadt
Wolf Biermann, ...
Und auch in dieser Wohnung.

Nationale Volksarmee

»Dem Tom sein Bruder ist da.«

»Ach ja, der Rainer. Wie lang hat er denn noch?«

»Ich glaub, ein halbes Jahr, dann ist er fertig.«

»Wird ja auch Zeit! Ich habe ihn gestern im Kino getroffen, und dann waren wir noch in der Milchbar. Der hat die Schnauze voll, dem stinkt das. Das kann ich mir vorstellen, mein Vater sagt auch immer: ›Alle Armeen sind beschissen‹.«

»Da hat er recht!«

»Der Rainer sagt, daß die immer über die ›Mauer‹ gehn und sich Schnaps holen. Bloß Schnaps, da braucht man weniger tragen und hat mehr davon als bei Bier, außerdem müssen ja die leeren Flaschen weg. Nächstes Jahr sind wir auch dran!«

»Mensch, hör auf! Ich würde ja verweigern, aber da geht man in den Knast, meistens noch länger, als wie die Armeezeit ist.«

»Im ›Ernstfall‹ würde er nicht schießen, hat der Rainer gesagt. Die Knarre weg, und auf und davon, meinte er. Aber vorher würde er noch seinem Leutnant eins über den Schädel hau'n, der schikaniert ihn, wo er kann. Letzte Woche hat er ihm das Radio weggenommen, weil auf dem Klebeband über der Skala ein Strich eingezeichnet war, darüber stand: ›Radio Moskau‹.«

»Na und?«

»Na ja, da hat der Leutnant das Radio eingeschaltet, und eine Stimme sagte: ›Hier ist der Sender Freies Berlin‹! Da hat er Glück gehabt, daß er nicht in den Knast gekommen ist! Bloß drei Tage ›Bau‹ hat er bekommen, und eine Stellungnahme mußte er schreiben. Da hat er geschrieben, daß die Skala verrutscht sei und er hätte das nicht bemerkt, weil er selten Radio hört, er hätte keine Zeit für so etwas.«

»Bring ihn doch heute abend mit.«

»Ja, wenn es geht.«

»Wieso? Ich denke, er hat Urlaub?«

»Ja schon, aber seitdem er bei der NVA ist, ist er oft besoffen. Er meint, sonst hält er es nicht aus!«

Geschichte

»Wir wollen heute den Beginn des Zweiten Weltkrieges behandeln.

Am 1. September 1939 überfiel Hitler die heutige VR Polen, und damit begann der verbrecherische Zweite Weltkrieg. Das polnische Volk hatte keine Zeit zur Gegenwehr, da . . .

Was ist?«

»Ich wollte fragen, wieso eigentlich bei der Besetzung Polens sowjetische Truppen am Einmarsch beteiligt waren.«

»Was? Wer sagt so etwas?«

»Mein Vater!«

»Da hast du dich bestimmt verhört.«

»Ich glaube nicht, denn ich weiß auch noch, daß die deutsche Armee und die sowjetische, zusammen, eine Siegesparade abgehalten haben.«

»Sagt das auch dein Vater?«

»Ja, das sagt er.«

(Die ganze Klasse starrte mich an, es war still.)

»So so, dein Vater erzählt also solche Sachen. Woher weiß er denn das?«

»Weiß ich nicht, da fragen sie ihn am besten selbst.«

»Was hat dein Vater denn damals gemacht? War er in der Partei?«

»Nein.«

»Wo war er denn dann?«

»Im KZ.«

»Im KZ? Warum?«

»Weil er Kommunist war.«

»Was? Kommunist. Und dann erzählt er dir solche Sachen, du lügst doch.«

»Ich lüge nicht!«

»Und wo ist dein Vater jetzt?«

»In der Sowjetunion.«

»Was? Und was macht er da?«

»Er arbeitet.«

»In Sibirien?« (Das Gesicht der Lehrerin wurde zur Grimasse.)

»Nein, in Moskau.«

Notizen in Kreide

»Seit einer Woche hast du das Buch! Glaubst du, ich brauche es nicht mehr?«

»Ist klar, aber eine Woche ist zuwenig, ich lese manche Gedichte dreimal, viermal. Ob es das noch einmal gibt? Was meinst du?«

»Glaub' ich nicht, alle guten Dinge sind hier rar und besonders gute Bücher! Geh doch mal in die Stadtbibliothek, da haben sie noch Sachen von dem Kunert.«

»Der ist ja wirklich gut, der Mann!«

»Plätze finden, fröhlich sich zu paaren,
das ist schwer, für solche ohne Raum . . .«
(Notizen in Kreide, Reclam-Verlag, Leipzig)

»Ich weiß von Hans, daß er schon vier Wochen in der Bücherei auf den Kunert wartet. Viele klauen auch gleich seine Bücher, da kannst du lange warten! Würde ich auch machen, solche Bücher muß man haben.«

Erfolg

»Gehst du mit ins Wasser?«

»Nein, ich lese noch etwas!«

»Was hast du denn da? Ist es gut?«

»Den ›Erfolg‹ von Feuchtwanger. Ein dicker Wälzer, aber gut, sag ich dir. Doppelt so dick könnte der sein.«

»War das nicht ein Jude?«

»Ja, war er!«

»Also ein ›guter‹ Jude?«

»Wieso ein guter? Gibt es auch schlechte?«

»Klar, die Juden!«

Die Kanüle

»Also los, sag schon, wo du die Kanüle her hast!«

»Ich habe sie auf der Straße gefunden.«

»Du lügst. Wir wissen, wo du die her hast und was sie bedeuten soll. Schau her!« Er öffnete ein Schubfach, und ich sah einen kleinen Berg von Kanülen aller Größenordnungen. »Glaubst du jetzt, daß wir wissen, was mit den Kanülen los ist? Oder hältst du uns für dumm? Also los, rede!«

»Ich habe sie auf der Straße gefunden, und da sie so schön silbrig ist, habe ich sie mir angesteckt.«

»Du lügst! Wer bei uns auffällt, tut das nicht ohne Grund, wir wissen, was wir wollen. Ich kann dir ja auf die Sprünge helfen. Diese Nadeln wurden im Städtischen Krankenhaus geklaut, und zwar im Laufe des letzten halben Jahres. Von wem, wissen wir auch.«

»Warum fragen Sie mich dann?«

»Weil wir es von dir hören wollen.«

»Ich habe diese Kanüle gefunden und nicht geklaut.«

»So, du bleibst also dabei! Du wirst schon sehen, was du davon hast! Angesteckt hast du sie dir, weil sie so schön silbrig war? Du bist ein ganz schön verlogener Bursche! Weiß das deine Mutter?«

»Müssen Sie sie fragen!«

»Also jetzt sag schon, was diese Kanüle bedeutet.«

»Was?«

»Wir lassen uns den Kommunismus nicht einimpfen! Du wirst noch von uns hören.«

Okkupation

»Hast du schon gehört?«

»Gehört? Ich habe sie gesehen! Sie fahren gerade über die Freiheitsstraße auf die Brücke zu.«

»Ob sie das wohl aushält?«

»Hoffentlich nicht! Mein Vater hatte immer schon gesagt, wenn die da drüben so weitermachen, wird der Russe kommen. Und du siehst, da ist er.«

»Die anderen aber auch. Den Bruder von Werner haben sie mitten in der Nacht geholt, der ist bei einer Spezialeinheit. Dabei haben die doch keinem etwas getan! Oder?«

»Nein, glaub ich nicht, mein Vater hat gesagt, daß die CSSR jetzt das einzige Land hier bei uns ist, wo man sagen kann, was man denkt. Und deshalb meinte er auch, daß die Russen kommen.«

»Hast du schon mal ein Flugblatt gemacht?«

»Nein. Aber ich habe in den Büchern über den antifaschistischen Widerstandskampf gelesen, wie man so etwas macht. Wir dürfen nicht zuviel Papier in einem Laden kaufen, sonst fällt es gleich auf.

Hast du eine Schreibmaschine?«

»Nein.«

»Dann schreiben wir es eben mit der Hand. Was soll als Überschrift auf das Blatt?«

»Du weißt doch noch, im Jahre achtunddreißig . . .«

Die Fahne

»Ach so ist das! Wo haben Sie diese Fahne her?«

»Eine idiotische Frage, denn in jedem Warenhaus kann man Fahnen der sozialistischen Bruderländer kaufen. Auch die Fahne der Tschechoslowakei.«

»Und die haben Sie da einfach gekauft? Einfach so? Oder aus einem bestimmten Grund?«

»Natürlich habe ich sie ›einfach so‹ nicht gekauft, sondern weil man an bestimmten Tagen, in bestimmten Häusern einfach flaggen muß. Und unser Haus war ein solches.«

»War denn im August ein ›solcher Tag‹?«

»Na klar! Ich habe zu Hause und in der Schule gelernt, daß man auf bestimmte herausragende politische Ereignisse in einer bestimmten Form reagiert. Und am 21. August 1968 habe ich geflaggt.«

»Was war das denn für ein herausragendes Ereignis?«

»Ich habe es in den Geschichtsbüchern gelesen. Im Jahre 1938. Ein Verbrechen der Deutschen, der Einmarsch in die CSSR.«

»Da haben Sie recht, wirklich ein Verbrechen. Aber jetzt zur Sache, warum haben Sie geflaggt?«

»Wegen dem gleichen, dreißig Jahre später, mit anderen zusammen.«

»Was?«

»Wieder der Einmarsch.«

»Was heißt hier ›Einmarsch‹? Hilfe, brüderliche Hilfe unserer Armeen für das tschechoslowakische Volk.«

»Einmarsch kann auch ›Hilfe‹ sein.«
»Das sagte ich doch.«
»Fragt sich bloß, für wen?«
»Na, für das tschechoslowakische Volk, oder wie?«
»Ich meine, für die Konterrevolution.«
»Was? In welche Schule gehen Sie?« –

Der Strafvollzug dient dazu,
den Normen unserer
sozialistischen Gesellschaft
gerecht zu werden.
(Wandspruch in der Justizvollzugsanstalt Gräfentonna)

Selbsterziehung

»Wo warst du heut' vormittag? Eure ganze Zelle mußte doch zum VO?«*

»Du, da ist eine Sauerei passiert! Der kleine Mecklenburger, weißt du, der neu zu uns gekommen ist, den haben sie gestern nacht ›angezündet‹. Harry mußte wieder ›beweisen‹, daß er der ›Chef‹ vom Kommando ist, und hat den Kleinen zuerst in die Mangel genommen. Du weißt ja, das Übliche! ›Fischköpfe‹ sind Scheißkerle, fressen nur Fisch und Rüben, ›Flachlandbewohner‹, die nicht lesen und schreiben können, usw. Das hat der Kleine sich nicht gefallen lassen und meinte, Harry sei nicht viel besser, und daß es keine Kunst wäre, alten Omas die Handtaschen zu klauen und ihnen dann noch mit einem Stein auf den Kopf zu schlagen.«

»Das hat Harry getroffen.«

»Das kannst du aber glauben. Und wie! Er ging auf den Mecklenburger los, schlug ihn mit dem Gesicht gegen den Schrank und sagte grinsend: ›Warte ab, heute nacht . . .‹«

»Und dann?«

»Nach dem Einschluß haben er und seine drei Gorillas den Kleinen aus dem Bett geholt, zwei Schläge in den Magen, einen in die Fresse, und dann haben sie ihn auf das Klo gestellt. Du, der hatte wahnsinnige Angst.«

»Und dann?«

»Haben sie in das Klobecken Zeitungen gelegt und

* VO – Verbindungsoffizier VO – Mdl zum MfS

mit Bohnerwachs beschmiert. Einer hat dem Kleinen den Mund zugehalten, und dann haben sie das Zeug angezündet. Es gab eine Stichflamme und der Kleine wollte von dem Klo runter. Sie haben ihn festgehalten, und mit einmal blieb er dann auch von allein stehen und schaute auf seine Oberschenkel, an denen die Haut anfing zu platzen. Wimmernd kroch er später in sein Bett. Früh konnte er nicht aufstehen, und als ihm der Wärter die Decke wegzog, sah er auch, warum. Und deshalb waren wir dann gleich beim VO.«

»Und ihr habt alle zugeschaut, keiner hat ihm geholfen?«

»Du, ich bin doch nicht verrückt, wenn du was sagst, bist du nächste Nacht in der gleichen Lage, und dir hilft auch keiner. So etwas nennt man hier ›Selbsterziehung‹!«

Grotewohl-Expreß

»Morgen ist Dienstag. Da kommt der Grotewohl-Expreß an. Die ganze Nacht wird da wieder im Zellenhaus Krach sein. Bist du schon einmal mit dem gefahren?«

»Ja, bin ich, mehrmals, von Nord nach Süd und von Ost nach West. Er braucht immer zehn Tage, bis er einmal um die DDR gefahren ist. Im Winter geht es ja, aber im Sommer! Vier Leute gehen normalerweise mit angezogenen Knien in den Verschlag, aber sie stecken auch fünf und sechs da hinein. Einmal am Tag gibt es etwas zu trinken, und man wird auf die Toilette geführt. Ab zehn Uhr abends wird der Waggon von dem Zug abgehängt, und man wird nachts in eine U-Haft, irgendwo, gebracht. Am Morgen wird der Waggon wieder an einen Zug gehängt, und die Fahrt geht weiter. Du siehst nichts, hörst nur das Stampfen der Räder. Keiner, der mit diesem Zug fährt, weiß, was das für ein Wagen ist, der letzte. Einmal bin ich gefahren von Gera nach Magdeburg. Auch wieder im letzten Wagen. Der Zug war ein Interzonenzug, der weiter in den Westen fuhr. Man führte uns an dem ganzen Zug entlang, und die Westler starrten uns nach, mit leicht getönten Sonnenbrillen. Natürlich dachte jeder, daß wir Verbrecher seien. Daß wir einstiegen, in den letzten Wagen, das sah keiner, der Blickwinkel war zu eng. Trotzdem fuhren wir im gleichen Zug. Doch jeder stieg woanders aus. Es ist die billigste Art und Weise, mehrere Häftlinge über größere Entfernungen zu transportieren. Und stell dir vor, es passiert ein Zugunglück: es hat keiner eine Möglichkeit, aus diesen Zellensärgen zu entkommen. Lebendig wirst du begraben. (Die DDR hat diese Art von Gefangenentransport aus der SU übernommen. Siehe Karlo Stajner, *7000 Tage in Sibirien*, Europa-Verlag.)

Zwei Finger sind doch keine Hand

»Vierzehn Zentimeter sagst du?«

»Es können auch dreizehn oder zwölf oder fünfzehn sein. So genau weiß ich das nicht. Auf alle Fälle hat die Tür ihr Gewicht! Und bestes Holz, deutsche Eiche, da ist kein einziger Nagel drin, alles fugenlos angepaßt und schichtenweise geleimt. Was da beim Zuschlagen dazwischenkommt, erkennst du nicht wieder.«

»Und da hat er seine Finger reingehalten.«

»Ja, hinten, zwischen der Tür und der Wand, genau in der Mitte zwischen der oberen und der unteren Türangel.«

»Und dann?«

»Dann hat er gewartet, bis einer die Tür zuschmeißt. Sobald die Tür ganz weit aufsteht, gibt es immer einen, der glaubt, sie zumachen zu müssen. Kugelblitz kam, sah die offene Tür, fing schon am Anfang des Flures an zu schreien und trat mit seinem Stiefel gegen die offenstehende Tür. Die schlug zu, ein Schrei stand im Korridor, und zwischen den Türangeln sah man zwei Kinderfinger, mit einem Hautfetzen am Holz der Zellentür kleben. Dann fielen sie zu Boden. Kugelblitz sagte: ›Mein Gott, was hast du da gemacht?‹ In einer Minute waren sie im Revier. Auf dem mattschimmernden Flur der Jugendstrafanstalt G., nahe an der Scheuerleiste, wo altes Bohnerwachs sich schwarz färbte, lagen die zwei Finger eines Kindes.«

»Und warum hat er das getan?«

»Er war ein stiller Typ, schwach war er auch und ein wenig zart. Jeder stieß ihn herum, und wegen Lappalien wurde er schikaniert. Demütig nahm er alles hin, nur in seinen Augen wurde es naß. Er war kein ›jugendlicher Verbrecher‹, wie seine Mitgefangenen, er war ein Kind, das Zigaretten in Selbstbedienungsläden geklaut hatte. Das mit der Tür hat er getan, weil er nicht länger die Launen des ›Chefs‹, der stärkeren Mitgefangenen, ertragen konnte. In vier Monaten sollte er entlassen werden.«

Kaßberg / Karl-Marx-Stadt

bis 1945 Gestapogefängnis
bis 1948 GPU-Gefängnis
bis heute Staatssicherheitsgefängnis.

Montag / 1. Tag

Das Licht klatschte lautlos in die Zelle, es war sieben Uhr. »Los, hoch!« Der Wächter der Nachtschicht schlug mit dem Schlüssel gegen die Tür. Jetzt mußte alles sehr schnell gehen, in wenigen Minuten war Schichtwechsel.

Die Klappe in der Tür krachte nach unten, und der lange Schnabel der 10Liter-Kaffeekanne wippte ungeduldig rauf und runter. Ein Schuß von dieser schwarzbraunen Soße, mit buntschillernder Oberfläche, gelangte auf diesem Wege in meinen roten Plastik-Becher. Ein widerliches Gesöff, wovon man, nach längerem (Jahren) Genuß, schwarze Zähne bekam.

Da war der Tee, »Marke Bahndamm«, ein guter Schluck, vor allen Dingen war er warm, nicht heiß, nur so ein bißchen angenehm im Magen. Im Zellenhaus war Betrieb, die Klappe ging wieder auf, und Brot, Marmelade und ein Plastikmesser wurden hereingereicht. Jetzt ganz schnell die Marmelade auf das Brot gekratzt, denn die Klappe ging schon wieder auf, und das stumpfe, zerkaute, »gefährliche« Plastikmesser mußte abgegeben werden.

(Ich habe während meiner ganzen Untersuchungshaft mir nie vorstellen können, daß sich damit jemand das Leben nehmen kann, und trotzdem war dieses kleine, häßliche Plastikmesser der »Augapfel« der »Genossen« vom Wachregiment »Felix Dsiershinskij«*.

Dazu eine kleine Episode, welche ich mit einem Unterleutnant des »Wachregiments F.D.« erlebt habe.

Ich hatte einmal, als das Plastikgeschirr des Abendbrotes abgeräumt wurde, vergessen, das gewisse Messer mit abzugeben, und in der Eile des Schichtwechsels (der unmittelbar nach dem Essen war) hatte es auch keiner bemerkt, und so hatte ich in meiner Zelle von da an eines dieser Messer. Dadurch konnte ich in Ruhe meine Brote schmieren. Eines Tages war Zellendurchsuchung (Filzung). Ich hatte das Messer immer in einer Spalte unter dem Tisch versteckt, so auch an diesem Tag. Die ganze Zelle wurde auf den Kopf gestellt, und ich selbst mußte mich in der Nachbarzelle nackt ausziehen, peinlichste Untersuchungen auch in Mund und After. Dann wurde ich zurückgebracht, und der Unterleutnant sagte zu mir: »Ja, ja, Zschorsch, wir sind da sehr genau.« Ich dachte mir, das wollen wir mal sehen, und ich knipste das Lichtsignal an der Zellentür an, und als der »Genosse« Unterleutnant kam, hielt ich ihm todernst mein Messer unter die Nase und sagte: »Das haben Sie hier vergessen.«

* Felix Dsiershinskij – Erster Kommandeur der russischen Tscheka. War eine Eliteeinheit zur Bekämpfung der Kriminalität. Bekam dann auch politische Vollmachten und änderte öfters ihren Namen. NKWD, GPU, KGB

Er wurde ganz blaß, nahm das Messer und machte die Klappe wieder zu. Wenige Minuten später ging die Tür auf, ich wurde wiederum in die leere Nachbarzelle geführt, und der »Genosse« Unterleutnant fragte mich mit freundlicher Stimme: »Nun sagen Sie mal, Zschorsch, wo haben Sie bloß das Messer versteckt, das gibt's doch gar nicht, also, wo war es?«

Ich grinste bloß und verlangte, in meine Zelle zurückgeführt zu werden. Jedesmal, wenn dieser Mensch wieder Dienst hatte, konnte ich mir ein Lächeln nicht verkneifen, und fast immer wurde danach meine Zelle auf den Kopf gestellt. Ohne Erfolg, es war nichts zu finden – ich hatte ja auch nichts zu verstecken.

Nach dem Frühstück noch ein bißchen Schlaf, mit dem Kopf auf dem Tisch, das ging aber nicht immer, es kam darauf an, wer Dienst hatte. Am Anfang konnte ich da nie schlafen, es war eine Qual. Zuerst schliefen einem die Beine und Füße ein, dann die Hand, auf der der Kopf lag, und dann tat einem der Arsch weh, auf welchem man saß. Doch nach und nach entwickelte man verschiedene Techniken, so daß ich nach einem halben Jahr sogar auf dem Tisch träumen konnte. Welch ein Erlebnis!

Es gab zwei Riesenschläge (die doppelten Riegel der Zelle wurden zurückgeschlagen), der Schlüssel drehte sich im Schloß, und »Äffchen« (um des besseren Unterscheidens willen hatte jeder meiner Bewacher von mir einen Namen bekommen) murmelte: »Freistunde«. Ha, Freistunde – wieso überhaupt »Stunde«, wo es doch nur 15 Minuten waren, allein in einem Käfig, in einer Box von 4 × 3 m. Über dir ein Posten mit

Maschinenpistole oder nur Pistole, manchmal waren es auch zwei.

Sport zu machen war verboten – Gymnastik war erlaubt. Zurück in die Zelle, und laufen, in der Zelle im Kreis laufen und denken, nachdenken über alles, über Stalin und die Russische Oktoberrevolution, Lenin und Gorki, Majakowski und die Rolle des damaligen deutschen KPD-Komintern-Nichtangriffspakt-/Faschismus und Exil in der Sowjetunion, Herwarth Walden, Max Hoelz, Heinrich Vogeler und Heinrich Kurella – und dann die Prozesse/ und Trotzki und dann Frieden 45, ach nein, Waffenstillstand – Gruppe Ulbricht und der XX. Parteitag der KPdSU 56/ in der DDR aus Stalinpavillon eine öffentliche Bedürfnisanstalt machen, in meiner Heimatstadt Plauen, ach du Scheiße/ und dann 68, Frühling in Prag, und danach? erster Knast, Mensch, für ein Kind noch und jetzt der zweite Knast – auch fast noch ein Kind – das hält man nur im Laufen aus, zehntausend Schritte und dann wieder von vorn, Stimme an der Tür: »Jetzt machen Sie mal hier keine Hektik, setzen Sie sich hin.« Nach 5 Minuten wieder laufen, immer im Kreis – an der Stelle ist das Linoleum ganz abgelaufen, wer wohl schon vor mir? Im 3. Reich war es Gestapogefängnis – wer wohl da?

Die Klappe fällt, Mittag, eine Schüssel voll, jede Woche am gleichen Tag das gleiche.

Schlüssel raus, wieder laufen, mit der Hand in der Tasche fummel ich an meinem Geschlecht, Mensch, und jetzt – das Licht geht an, eine fürchterlich summende Leuchtstoffröhre, jetzt in der Luft draußen laufen, im großen Gefängnis jenseits dieser Mauer, ach, da sind doch auch wieder Mauern, oben mit Stacheldraht!

5 Uhr, Abendbrot, auch wieder das berühmte Messer, das zerkaute. Klappe auf, das Plastik-Geschirr aus der Zelle und jetzt noch drei Stunden, dann ist Nachtruhe. Das Licht summt und dann waschen, dann Licht aus, aber nur kurz, alle zehn Minuten wird es wieder angemacht. Lichtkontrolle nennt man das. Und schlafen – nur auf dem Rücken oder mit dem Gesicht zur Zellenmitte – auf dem Bauch und mit dem Gesicht zur Wand schlafen ist verboten. Wer sich doch einmal »verlegt«, wird geweckt, ein Schlag mit dem Schlüsselbund gegen die Tür. Die Hände immer auf der Decke, wer kann da noch onanieren? Wer schon?

Man hört, wie das Haus atmet, wie es lebt und doch tot ist! Und dann immer dieses Licht. Am Anfang schläft man nur zehnminutenweise, später gibt sich das. Wer gewöhnt sich wohl nicht? An das Licht ja, aber nicht an den Zustand!

Dienstag / 2. Tag

Der Kaffe schmeckt schon wieder so, als ob da etwas drin wäre. Bei der »Freistunde« pfeift einer neben mir in der Box, »Brüder, zur Sonne, zur Freiheit«. Der Posten schnauzt ihn sofort an. Dann rennt er in der Box, wahrscheinlich immer auf der Stelle. Wie sonst?

Der Posten schnauzt wieder.

Dann Stille.

Dann sagt er ganz laut: »Ich will wieder rein, besser drin als draußen, man wird ja nur verrückt.«

Der Posten brüllt: »Ruhe, Mann«, drückt auf eine Klingel, und der Mann neben mir wird abgeholt.

Mittwoch / 3. Tag

Unruhe im Haus. Wenn man länger da ist, merkt man sofort, wenn etwas los ist.

Da verweigert irgend jemand auf dem gegenüberliegenden Gang das Essen.

Welch ein Verbrechen!

Neben »Selbstmord« das Schlimmste, was man machen kann.

Das Motiv?

Anwalt sprechen, auf Eingaben keine Antwort, schlechte ärztliche Versorgung, das »Nichtaushändigen« von Post.

Erfolg?

Erst gut zureden, dann Zwangsernährung.

Und dann?

Wird bei der Urteilsfindung berücksichtigt!

Wie?

Ein halbes Jahr länger!

Warum?

Wegen »Verletzung der Normen des sozialistischen Strafvollzuges«!

Donnerstag / 4. Tag

Mir ist schlecht, und ich lege mich auf die Pritsche. Werde mehrmals aufgefordert, aufzustehen.

Kann aber nicht, alles dreht sich, wenn ich die Augen öffne. Wahrscheinlich Kreislauf.

Die Tür geht auf, drei Mann kommen in die Zelle und schleppen mich in die untere Etage.

Drei Stunden Stehzelle, zu klein, um umzufallen.

Ich hänge da wie ein nasser Sack, meine Knie sind aufgeschlagen.

Wie gern würde ich mich hinsetzen, oder so etwas ähnliches.

Aber es geht nicht.

Ich stehe wie in einem Pfeiler.

Nach drei Stunden wieder nach oben.

»Das nächstemal die ganze Nacht«, sagte mir der Major.

Freitag / 5. Tag

Duschen.

Fünf Minuten.

Es reicht gerade.

Wäsche wechseln – und Nägel schneiden.

Eine rostige, stumpfe Nagelzange, abklemmen, nicht schneiden. Auch wieder ein »Augapfel«, ein sehr kostbarer.

Die »Genossen« passen höllisch auf, daß da nichts passiert. Sie bekommen lieber herumspritzende Nägel ab, als etwas weiter weg zu gehen.

Was die wohl schon für Füße gesehen haben?

Manche brauchen die Nagelzangen nicht!

Sie haben im Minenfeld ihre Füße gelassen.

Samstag / 6. Tag

Abends, es ist schon Nachtruhe, schreit jemand.

»Ich will zu meinem Mann, laßt mich raus hier«.

Eine Frau.

Sie waren in den hinteren Zellen.

Die Frauen.

Die Stimme eines Mannes, ihres Mannes. »Christel, ich bin hier, es wird alles gut, bald sind wir frei.«

Rennen im Treppenhaus, eine Tür wird aufgeschlossen, die Tür der Frau. Stimmengemurmel.

Zelle zu, schleifende Geräusche. Auf der Treppe nach unten.

Die Frau ruft: »Hans«.

Ihr Ruf wird zum gurgelnden Geräusch.

Stille.

Im Erdgeschoß hört man das Klappen der Tür zum Keller. Da hört sie keiner mehr.

Stille.

Sonntag / 7. Tag

Ich mache die Lampe über der Zellentür an.

Ich habe Durst.

Es dauert.

Es kommt keiner.

Die Posten haben Sonntag, wie alle »Werktätigen«.

Ich verzichte auf meinen Kaffee, zum Wohle des »Volkes«. Morgen ist Montag.

Cottbus

Die Anstalt

»Damit Sie gleich Bescheid wissen: ab heute werden Sie sich hier einordnen und den Weisungen des Wachpersonals Folge leisten. Jeder Verstoß gegen die Hausordnung wird disziplinarische Maßnahmen nach sich ziehen. Haben Sie mich verstanden? Dann alles in die Verwahrräume!«

»Das ist ja ein Idiot! Was heißt hier ›Verwahrräume‹? Da gibt's doch den alten bekannten Namen: ›Zellen‹. Für alles einen anderen Namen, statt ›Zuchthaus‹, jetzt ›strenger Strafvollzug‹, statt ›Zellen‹, jetzt ›Verwahrräume‹, statt ›Schließer‹, ›Wächter‹, jetzt ›Erzieher‹! Und davor noch das Prädikat ›sozialistisch‹. Eine schöne Scheiße!«

»Hast du die Hunde an der Mauer gesehen? Und davor noch den elektrischen Zaun? Überall die Wachtürme. Und wie die Leute hier aussehen! Mein Vater hat mir mal was von Buchenwald erzählt, von dem KZ im Dritten Reich! Da muß es auch so gewesen sein!«

»Du meinst, wie hier?«

»Ja, auch wenn das jetzt alles anders heißt!«

Bücher

»Ich möchte bloß wissen, warum ich im Knast bin?«

»Was, wieso?«

»Ich war vorhin in der Bücherei.«

»Und?«

»Da hab ich mir die Kataloge angeschaut, und ich dachte, ich träume. Weißt du, was es da für Bücher gibt?«

»Ja, die besten sind es nicht.«

»Klar sind es die besten! Ich muß erst in den Knast gehen, um mir aus einer Bibliothek Bücher ausleihen zu können, für deren Besitz sonst der Knast auf einen wartet!«

»Bücher? Was für Bücher?«

»Hier, schau an! Gedichte von Biermann, von Kunze, von Huchel, Bücher von Hans Mayer und von Lukács! Ist das nicht Idiotie? Im Knast darf ich das lesen, weswegen ich im Knast bin!«

»Meinst du, die wissen das, was für Bücher sie in ihrer Bibliothek haben?«

»Nein, glaub' ich nicht. Die wissen gar nicht, wer Biermann ist. Von den anderen ganz zu schweigen!«

Leutnant Wenzel

»Da, schau dir das an! Und das im strömenden Regen. Dieser Wenzel ist ein Schwein! Ich frag' mich wirklich ab und zu, was vor dreißig Jahren anders war? Da läßt er das Kommando 5 im Entengang durch den Schlamm watscheln.«

»Weißt du, was mir der Kalfaktor aus dem Haus 2 erzählt hat? Der Wenzel ist hier der einzige ›Diplom-Pädagoge‹.«

»Das sieht man!«

»Sein Lieblingswort ist: ›Wer nicht hört, der muß fühlen!‹«

»Er will aus jedem einen ›guten Staatsbürger‹ machen, hat er mal im Kinosaal gesagt!«

»Ja, auf den Knien!«

B. Brecht

»In welcher U-Haft warst du?«

»Ich war in Berlin, und du?«

»In Chemnitz war ich, Karl-Marx-Stadt.
Da waren vielleicht verschiedene Sachen komisch!«

»Komisch, was?«

»Nachdem man die ›Hafterleichterung‹ bekommen hat, kriegte man in der Woche ein Buch. Ich war sehr überrascht, daß die da die Gesammelten Werke von Feuchtwanger hatten. Also habe ich mir eins nach dem anderen bestellt. Und als ich den Band ›Erfolg‹ in der Hand hielt, wußte ich nicht, was ich damit sollte, ich war ehrlich verwirrt! Auf bestimmten Seiten, nämlich auf denen, wo über die Justiz der damaligen Zeit und über deren ›Strafvollzug‹ geschrieben wurde, war alles mit durchsichtigem Band überklebt. Die Zeilen stachen einem nur so ins Auge. Wie ich später erfuhr, sollte damit die Unterstreichung verschiedener Textstellen mit dem Fingernagel unkenntlich gemacht werden. Aber genau das Gegenteil war der Fall! Das erinnert mich immer an eine Anekdote von Brecht, der eine Gefängniszelle im alten Rußland beschreibt, wo einer mit einem Nagel das Wort ›Lenin‹ an die Zellenwand kratzte. Die Wächter sehen das und beauftragen einen Maler, die Buchstaben zu überstreichen. Der zieht mit großen Pinselstrichen das Wort nach, und auf der Zellenwand steht groß, in weißer Farbe, ›Lenin‹. Dann beauftragen sie einen Maurer, dieses Wort mit Hammer und Meißel zu entfernen. Der Maurer schlägt die einzelnen Buchstaben aus dem Stein heraus, und eingemeißelt in der Zellenwand steht das Wort ›Lenin‹. Die Anstaltsleitung weiß sich nicht mehr zu helfen und läßt die Wand einreißen. Wegen eines Wortes! Das mußt du dir mal überlegen.«

Kameras

»Es sind gute Kameras!«

»Ja sicher, Handarbeit.«

»Wenn das nicht Gefangene machen würden, wären sie doppelt so teuer.«

»Vorige Woche kamen fünftausend aus Dresden zurück. In der Anstalt wurde es unruhig, die Zivilmeister flitzten hin und her.«

»Warum?«

»In allen fünftausend Stück waren in den Aufrollagern Hakenkreuze eingekratzt. Man hat es erst gesehen, als sie durch die Endkontrolle liefen. Kleine Hakenkreuze, mit einem spitzen Gegenstand in das Aluminium geritzt. Das ist die Opposition von Cottbus!«

»Scheiße!«

»Die Vermutung besteht, daß noch mehr Kameras so gezeichnet sind. Vielleicht sind sogar schon welche davon ausgeliefert worden.«

»Eine schöne Sauerei.«

»Sie haben jetzt verschärfte Kontrollen hier, und wer bei so etwas erwischt wird, der kann sich frisch machen.«

»Die gute Firma Pentacon. Liefert Kameras, Weltniveau, mit Hakenkreuzen aus. Womöglich noch in den Westen! Was die wohl denken?«

»Wer?«

»Na, die im Westen – «

»Das ist mir scheißegal!«

»Ich war es nicht, ich habe andere Probleme!«

»Und wenn dich einer denunziert? Ob du es warst

oder nicht, das ist doch denen egal, Hauptsache, sie haben einen Schuldigen. Dann beweise das Gegenteil! Das kannst du nicht, und ich auch nicht – und da du hier sitzt, bist du ein Feind, mit oder ohne Hakenkreuz. Obwohl sie sich freuen würden, strecktest du den rechten Arm aus.«

Kein Platz

Platz gibt es nirgends für uns! Das ist doch kein Zustand, auf vierundzwanzig Quadratmetern leben sechzehn Menschen zusammen. Einem deutschen Schäferhund stehen laut Gesetz acht Quadratmeter Raum zu.

Vierundzwanzig Stunden rund um die Uhr. Wer hält das aus? Die Betten sind vierstockweise übereinander, wie Höhlenlöcher sieht das aus. In der Mitte der Zelle ein Tisch und sechzehn Hocker, hier erfolgt die Fütterung. Vierstockweise die Betten übereinander – wer kann da noch onanieren, alles und alle vibrieren mit!

Exekution

»Bist du hier neu?«

»Ja, ich bin vorige Woche aus Torgau gekommen.«

»Was hast du da gemacht?«

»Ich war Kalfaktor.«

»Torgau, Torgau? Sind da nicht die Zellen der Todeskandidaten?«

»Ja, erzählt man sich.«

»Und stimmt es?«

»Es kann keiner beweisen! Es gibt da in Torgau einen Flügel in der Anstalt, da darf niemand hin, und manchmal in der Nacht hört man von dort Schreie. Die anderen Häftlinge sagen dann: ›Heute ist dem seine letzte Nacht.‹ Sie bleiben in Torgau, die hundert Tage ab der Verurteilung, in dieser Zeit können sie noch ein Gnadengesuch einreichen, und wenn es nicht hilft, werden sie in der Nacht vom hundertsten zum einhundertsten Tag erschossen. Sie kommen dann in ein Auto mit Kastenaufbau, vorn sitzen der Fahrer, ein Staatsanwalt, ein Richter und ein Wärter – hinten der Gefangene, auf einem Stuhl angeschnallt, hinter ihm, im Genick, der Schußautomat. Und dann fahren sie zwanzig bis dreißig Kilometer in der Umgebung ›spazieren‹. Irgendwann, irgendwo, während dieser Fahrt, löst sich der Schuß, und keiner weiß so richtig, wo das genau war. Damit gibt es auch keinen ›offiziellen‹ Hinrichtungsort. Ich stelle mir das ›Warten‹ auf diesen Schuß fürchterlich vor. Überhaupt, auch schon die ›hundert‹ Tage vorher: Tag und Nacht ist die Zelle erleuchtet. Vor der Gittertür sitzt ständig ein Posten und paßt auf, daß du dir nichts antust. Auf Ihre Gerechtigkeit wollen sie nicht verzichten.«

Von Ost nach West

Die Sitze im Auto waren weich und bequem. Ein gutes Auto! Westdeutsche Wertarbeit. Ich stieg aus. An der deutsch-deutschen Grenze. Ein eigenartiges Gefühl.

Gehen Sie schon, sagte der Mann vom Staatssicherheitsdienst zu mir. Hier ist unsere Reise zu Ende!

Reise? – bei Nacht und Nebel, wer reist da schon? Ich war am Ende.

Ging auf dem letzten Meter DDR-Gebiet in Richtung Westen. Nach dreiundzwanzig Jahren wurde ich nicht mehr gebraucht, mußte ich mein Land verlassen.

Hier in dem Land, in welchem ich geboren wurde, ging ich von Deutschland nach Deutschland, ging ich in das Exil?!

Der Beweis

»Wieviel Brücken?«

»Brücken?«

»Na ja, die Stadt, in welcher Sie gewohnt haben, ist doch eine Garnisonsstadt! Wichtige Brücken gibt es doch da sicherlich, und Panzer, von den Russen, und Kasernen, und überhaupt! Wir haben Ihnen geholfen, und jetzt helfen Sie uns. Nur ein paar Auskünfte!«

»Ich weiß nichts.«

»Na gut, wenn Sie es so wollen, Sie werden schon sehen!«

Übel war mir, richtig übel, und wütend war ich, und wie. Erst die da drüben, und jetzt die hier auch. Eine feine Sippschaft!

Deutsch – Deutsch.

»So, im Gefängnis waren Sie? Weswegen denn? Können Sie es beweisen? Ach, können Sie nicht. Dann tut es uns leid. Sie müssen uns schon Ihre Aktenzeichen sagen und am besten das Urteil gleich selbst mitbringen. Haben Sie nicht, wissen Sie nicht. Ja, dann . . .«

»Aber wieso, das kann doch keiner ›beweisen‹, der von ›drüben‹ kommt!«

»Ja, die anderen . . .«

»Also Brecht. Hier also auch aktuell, der große, deutsche Brecht. Der DDR-Brecht. Die Brechtsche Deutsche Demokratische Republik. Der Hort und das Heim seines Wirkens. Der gute Brecht. Der Brecht vom siebzehnten Juni '53.«

»Nö, damit hat er nichts zu tun, der Brecht.«

»Ein gutes Mitglied der Partei.«

»Welcher Partei?«

»Der SED.«

»Ich glaube, da muß ein Irrtum vorliegen.«

»Ist auch egal. Brecht ist Brecht!«

»Aber der wollte doch mal weggehen, der Brecht?«

»Wer, der Brecht?«

»Na klar!«

»Aus der DDR? Aus seiner DDR? Wer sagt das?«

»Na, der Brecht!«

»Wann, wo?«

»Im ›Arbeitsjournal‹ steht's.«

»Wo?«

»Schau nach.«

»Ich hätte mal eine Frage: Warum wird dem Brecht sein ›Arbeitsjournal‹ in der DDR nicht verlegt?«

Dieses Seminar war vorbei. Die »Genossen« der DKP schauten mich böse an.

Berufsverbot

»Und du bist also für Berufsverbote?«

»Ich, wieso?«

»Weil du die Unterschriftenliste nicht unterschrieben hast!«

»Ja, da waren aber noch andere Momente mit im Spiel.«

»Welche denn?«

»Ich habe gefragt, wie das denn mit dem Berufsverbot eines Wolf Biermann bei ihnen sei.«

»Was hat der Biermann mit Berufsverboten zu tun?«

»Das haben die mich auch gefragt. Ich meine, er hat welches, der Biermann. Und nicht bloß er, andere auch!«

»Ach, du bist aus der DDR?«

»Ja.«

»Du willst also nicht unterschreiben?«

»Doch, aber ich schreibe den Namen ›Biermann‹ mit auf die Liste.«

»Dann nicht! Du warst doch da auch im Knast?«

»Ja.«

»Da gehörst du auch hin!«

Geh doch rüber

»Du kommst doch aus der DDR?
Man hört es an deiner Stimme. Aus Sachsen!«

»Nein, aus dem Vogtland.«

»Vogtland? Sachsen! Na gut, ist ja auch egal.
Bist du geflüchtet?«

»Nein.«

»Abgekauft?«

»Nein.«

»Wie dann?«

»Ist doch egal!«

»Sei froh, daß du hier bist, hier kannst du wenigstens leben.«

»Wie leben?«

»Na, hier kannst du sagen, was du willst, hier hast du die Freiheit zu tun und zu lassen, was du möchtest.«

»Hm.«

»Da drüben, das ist ja ein großes Gefängnis!«

»Kennst du denn das?«

»Ich war einige Male auf Besuch bei einer Verwandten. Die hat mir Sachen erzählt! Da ist das bei uns schon ganz etwas anderes. Wir haben Demokratie! Und die Kommunisten hier, die sollten alle nach drüben gehen, da würden die schon sehen, was ihnen blüht. Alle rüber, denen geht es viel zu gut hier! Meinst du nicht auch?«

»Nein.«

»Bist du auch ein Linker? Dann geh' doch rüber!«

Sozialismus

Sag mal, ihr kommt von »drüben«, und ihr bleibt trotzdem Kommunisten, Sozialisten, Linke? Wieso? Habt ihr denn nicht am eigenen Leib verspürt, wie es euch unter solch einem »System« ergeht?

Habt ihr denn davon nicht die Schnauze voll?

Von diesem »System« ja, aber nicht vom Sozialismus!

Auf dem Haus an der Mauer
(Funkerzählung)

Hinter den Mauern keine Zuflucht
auch nicht in ihnen

Wir hatten es im Radio gehört.

Im Rias-Treffpunkt, samstags nachmittags war es eine Meldung unter vielen. Uns elektrisierten diese wenigen Worte, und schon einige Stunden danach, wir gingen zum Jugendtanz, war es Gesprächsstoff den ganzen Abend über.

Am 7. Oktober, am Tag der Republik, sollten auf dem Springer-Hochhaus, dicht an der Mauer, in West-Berlin, die Rolling Stones spielen.

Keiner wollte es glauben, aber alle sprachen darüber.

Die Rolling Stones, Mensch, die, du weißt doch ... »I can't get no Satisfaction«.

(*Blende – Musik: »I can't get no Satisfaction«*)

Briefe schwirrten, von Reichenbach im Vogtland nach Schwerin in Mecklenburg, von Halle an der Saale nach Potsdam bei Berlin.

»Weißt du es auch schon, die Stones, in Berlin.«

»Was, in Berlin? Bei uns?«

»Mensch nee, in West-Berlin, sie spielen auf dem Springer-Hochhaus.«

»Und das am 7. Oktober? Da werden die ja sauer sein!«

»Du, das ist mir so scheißegal; aber die Stones, die will ich hören!«

Schon immer war Mund-zu-Mund-Propaganda in der DDR eine Informationsquelle, die an Schnelligkeit und Dichte die größte Tageszeitung, das »Neue Deutschland«, Zentralorgan der Sozialistischen Einheitspartei Deutschlands, übertraf.

Und man wartete; auf den Dienstag, auf den 7. Oktober, auf den Feiertag, den Tag der Republik; man wartete auf die Rolling Stones. In der Jugendsendung DT 64 sprach man vom Kalten Krieg, von der Verhetzung der Jugend und von einer »Ente« des Rias. Man warnte die Jugendlichen, nach Berlin zu fahren, sich auf die Provokation an der Mauer einzulassen.

Euer Platz ist unter den Fahnen der Partei und der »Freien Deutschen Jugend«, die Musik des Klassenfeindes soll euch nur von sozialistischen Taten abbringen.

Keiner hörte darauf, es gab nur ein Ziel: am Dienstag, dem 7., nach Berlin.

In den Betrieben und Schulen kündigte man Anwesenheitslisten an, um festzustellen, wer an den großen Demonstrationszügen zum Geburtstag der Republik nicht teilnehmen würde.

Die Zeit verging, und es brach eine neue Woche an, die Woche vom 6. bis 12. Oktober.

(*Blende – Musik: »Paint it black«*)

»Du kommst doch mit?«

Andreas schaute Michael an und wartete.

»Du kommst doch mit, oder halten dich die Anwesenheitslisten davon ab?«

»Eines kann ich dir sagen, die Konsequenz ist mir egal, die sollen mal schön ihren Geburtstag feiern und die Fahnen schwenken, ich will endlich einmal etwas anderes sehen und hören. Diese ständigen Versammlungen im Betrieb und in der FDJ-Gruppe, dieser ganze eintönige Mist, der mich schon im Schlaf verfolgt; ich will da endlich einmal raus.«

Michael ging in dem kleinen Zimmer, das Andreas mit seiner Schwester teilen mußte, auf und ab.

An der Wand hingen herausgerissene Seiten von westdeutschen Musikzeitschriften; die Fotos seiner Lieblingsgruppen.

Über seinem Bett, in tanzender Pose, Mick Jagger.

Vor dem schreienden Mund das Mikrophon, an den Füßen keine Schuhe, verschwitzt hingen ihm die Haare in die Stirn.

Darüber stand: »Bravo«-Poster des Monats.

Er hatte es für zwanzig Mark einem Bekannten abgekauft.

Der hatte es vorher noch zigmal fotografiert und die Abzüge zwischen drei und sechs Mark verkauft. Damit hatte er für einige Wochen sein Taschengeld zusammen.

Die ganze Zeitschrift kostete im Westen eine Deutsche Mark.

»Na, was ist nun?«

Andreas holte aus der Schublade eine Zigarettenpackung. Auf der schwarz-weiß karierten Pappe stand »Karo« und »VEB Berliner Zigarettenbetriebe«.

Er bot Michael die Schachtel an, doch der winkte ab.

»Also gut, in Ordnung, ich komme mit. Ich war ja schon lang nicht mehr in Berlin. Vorigen Sommer wollte mein Bruder dahin ziehen, aber er hat keine Wohnung bekommen.

Wer keine Wohnung hat, bekommt auch keine Arbeitsstelle, und wer keine Arbeit hat, bekommt keine Wohnung. Ein Teufelskreis. Und nicht bloß in Berlin. Fast alle Großstädte hier haben Zuzugsverbot.«

Andreas winkte ab.

»Du, das kenn ich, wenn meine Schwester mit dem Studium fertig ist, muß sie zwei Jahre nach Mecklenburg an die Schule, in so ein Kaff, wo es nur fünf Häuser gibt. Erst dann kann sie sich eine andere Stadt aussuchen. Was glaubst du, wie die begeistert ist.«

»Wo ist sie denn jetzt?«

»Bei ihrem Typ, denn seine Eltern machen Spätschicht, und sie haben die Wohnung für sich. Wenn die Frühschicht haben, ist er immer mit hier, und Ulla gibt mir dann 'ne Mark, damit ich ein Bier trinken gehe und nicht störe. Das ist schon eine Scheiße, zu zweit so ein Zimmer.«

»Gut, also dann am Dienstag. Ich denke, wir fahren mit dem Zug. Fahrkarte ist Luxus, wenn Kontrolle kommt, schließen wir uns in der Toilette ein. Wenn alles schiefgeht, zahlen wir eben nach. Okay?«

»Alles klar, also tschüs, ich hole dich dann ab.«

»Komm aber nicht so spät, der Zug geht dreiviertel eins.«

»Nee nee, ich bin schon pünktlich.«

(*Blende – Musik: »Sympathy for the devil«*)

Der Bahnhof war ein großer Bauplatz. Das eigenartige an dieser Stadt war, daß es einen unteren und einen oberen Bahnhof gab. Nach Greiz konnte man nur vom unteren Bahnhof aus fahren; nach Karl-Marx-Stadt nur vom oberen aus. Das lag noch an der alten Struktur der Eisenbahn in dieser Gegend, die schon immer ein Stiefkind war. Alles war noch so wie vor dem Kriege, und erst jetzt, fünfundzwanzig Jahre danach, fing man an, sich den neuen Bedürfnissen anzupassen. Auch bei der Deutschen Reichsbahn. Ein Zug aus Richtung Leipzig lief ein, und sofort waren auf dem Bahnsteig Transportpolizisten mit einem Schäferhund.

Hier, diese Stadt, lag ja auch nahe am Grenzgebiet (West), und jeder »Verdächtige« wurde kontrolliert.

Woher, wohin, zu welchem Zweck und überhaupt.

Wenn man sich das überlegte, in zwanzig Kilometern Luftlinie begann ein anderes Land.

Andreas und Michael stiegen in den letzten Wagen des Zuges nach Berlin ein und beobachteten vom Fenster aus, in welchen Wagen der Schaffner stieg.

Es war der sechste von vorn.

»Du, der wird wahrscheinlich zuerst vorn und dann hinten kontrollieren. Wie machen wir das nun, wenn er kommt?«

»Wart erst einmal ab, manchmal kontrollieren sie nur zwei, drei Abteile und lassen es dann, weil sie zu müde sind oder keine Lust mehr haben. Mich hat mal einer in Zwickau erwischt; in einer halben Stunde wäre aber die Ablösung gekommen, und er hätte ein Protokoll schreiben müssen, und das hätte sich hingezogen. Mit pünktlichem Schichtschluß wäre da nichts gewesen. Und so hat er mich gehen lassen und seine Thermosflasche ausgespült. Der Feierabend war ihm wichtiger als die Vier-Mark-fünfzig. Seine Augen hättest du mal sehen sollen, die waren so klein wie Automatenschlitze. Er hatte bestimmt mehrere Nächte nicht geschlafen. Überall Personalmangel.«

(*Blende – Musik: »Cry to me«*)

Die Wagen waren nicht besonders sauber. Die Abfallbehälter waren voll, und durch die abgebröckelte Gummidichtung der Fenster pfiff der Wind.

Über dem Platz am Fenster hing eine vergilbte Reklame: »VEB – ORWO / die Filme mit der Weltqualität.«

Und an der Tür: »TOTO – LOTTO / die Chance zum Gewinn.«

Michael war eingeschlafen, und als Andreas auf die Toilette gehen wollte, sah er am Anfang des Wagens, in dem sie saßen, die Mütze des Kontrolleurs.

»Mensch, wach auf, der Schaffner kommt, los, auf die Toilette.«

Er zog Michael aus dem Abteil und an das Ende des Wagens, wo die Toilette war.

»Die Tür darfst du nicht verriegeln, sonst fragt er, wer da drinnen ist, und die Sache ist geplatzt.«

Sie standen beide still und hörten die näher kommenden Schritte des Kontrolleurs; das Auf- und Zuschieben der Abteiltüren und den monotonen Satz: »Die Fahrkarten bitte!«

Dann stand er vor der Toilettentür. Michael und Andreas hörten das Ratschen eines Zündholzes und leise gemurmelt »Noch drei Stunden, dann endlich zwei Tage Ruhe«.

Der Mann räusperte sich und trommelte mit den Fingern gegen eine Fensterscheibe.

Dann hörten sie noch, wie die Pendeltür zum Gang zuschlug.

»Der ist weg, so schnell kommt der nicht wieder, es hat doch ganz gut geklappt, meinst du nicht?«

»Na klar, der freut sich jetzt auf seine zwei freien Tage und auf die gemütlichen Abende vorm Fernseher.«

Sie gingen zurück in das Abteil; an den Kühltürmen und Fabrikschloten sahen sie, daß sie sich Leipzig näherten.

Die Hälfte der Strecke hatten sie fast hinter sich.

Als der Zug in den größten Sackbahnhof Europas einfuhr, schauten beide aus dem Fenster.

Der Zug hatte hier nur sechs Minuten Aufenthalt.

Auf dem gegenüberliegenden Gleis stand der Interzonen-Zug von Bebra nach Berlin (West).

»Du schau mal, was macht denn der?«

Andreas stieß Michael in die Seite.

Sie sahen einen Jungen, der mit einer Tasche in der Hand von Wagen zu Wagen, von Abteil zu Abteil lief und in die Abfallbehälter schaute. Hier und da steckte er etwas in seine Tasche, was es war, konnten die beiden nicht sehen. Dann tauchte ein Transportpolizist auf, und der Junge verschwand.

»Der sammelt sicher leere Bierbüchsen und ähnlichen Westkram; der Klaus, weißt du, der neulich mit im Kino war, leert auch immer die Abfallbehälter der Interzonenzüge, wenn sie bei uns halten. Seine ganzen Regale in seinem Zimmer sind mit leeren Bierbüchsen vollgestellt. / Henninger Export, Mönchhofs-Bräu, dab-Edelpilsner und Coca-Cola.

Ab und zu findet er auch eine Tragetasche mit der Aufschrift: ›Peter Stuyvesant – Der Duft der großen weiten Welt‹, oder mit der Reklame für Whisky-Dimple ›Nicht wenig, aber von Herzen‹.

Für die Tragetaschen bekommt er manchmal zehn Mark pro Stück, oder er nimmt sie selbst. Das letzte Mal hatte er sein Sportzeug drin, als er zum Unterricht kam. Der Sportlehrer hat ihn wieder nach Hause geschickt; er solle mit einem ordentlichen Sportbeutel wiederkommen.

Schön bunt ist das Zeug ja; meine Mutter schüttet unseren Bohnenkaffee auch immer in West-Büchsen. Sie sagt, dadurch hätte die Küche ein freundlicheres Gesicht. Der Kaffee schmeckt aber trotzdem nicht. Auch wenn auf dem Blech steht: ›Tchibo‹.«

»Mann Mann Mann, nur wegen der bunten Farben. Ich glaube, die werden hier langsam verrückt!«

Der Zug setzte sich in Bewegung, und es ging weiter in Richtung Hauptstadt.

(*Blende – Musik: »Tell me«*)

Andreas und Michael wechselten öfters die Abteile und schauten zum Fenster hinaus.

Durch welche Stadt sie fuhren, durch welches Dorf auch der Zug rollte, überall Fahnen und Spruchbänder zu Ehren des Geburtstages der Republik.

»Meinst du nicht, daß das ein bißchen viel ist, überall diese Aufmotzerei, von wegen Geburtstag und Sieg und Völkerfreundschaft?«

»Weißt du, ich sehe das schon gar nicht mehr, mir fällt es direkt auf, wenn irgendwo keine Fahne flattert. Letzten ersten Mai ist der Fahnenhalter an unserem Fenster abgebrochen. Ich sollte in der HO einen neuen kaufen. Die hatten aber keinen, und das hab ich dann auch meinem Vater gesagt. Der hat mich natürlich wieder in den Konsum geschickt. Die hatten aber auch keine. Da hat mein Vater gesagt: ›Keinen Fahnenhalter, keine Fahne.‹ Und so war es das erste Mal, daß wir nicht geflaggt hatten. Bis heute ist kein neuer Halter da, und ich glaube, bis zum nächsten Mai auch nicht. Meiner Mutter war das nur recht; jetzt kann sie wieder ihre Blumenkästen auf die Fensterbank stellen.«

An der nächsten Bahnstation stieg ein älterer Mann zu ihnen in das Abteil zu. Er fragte: »Na, habt ihr noch ein bißchen Platz für mich?« und setzte sich dann mit leichtem Ächzen.

»Wollt wohl in die Hauptstadt, wie, da ist ja heut allerhand los. Ich fahre auch hin, besuche meine Tochter, der ihr Mann ist Bahner auf dem Güterbahnhof. Hat aber heut Dienst, dafür aber nächste Woche frei. Ich bin schon Rentner, meine Beine machen nicht mehr so richtig mit, es reicht nur noch für den Garten, auch wenn's ein bißchen langsam geht. Und ihr, geht noch zur Schule?«

»Ja,ja, noch zur Schule, wir wollen auch in Berlin jemand besuchen.«

»Die ›Blauen‹ sind ja heut ganz scharf, die holen alle jungen Leute aus dem Zug, der in die Hauptstadt fährt. Mein Schwager, der Oswin, hat's mir erzählt, dem sein Ältester ist bei der Truppe. Aber sonst ein prima Kerl. Im Westen drüben sollen die Beatles oder wie die sonst heißen spielen, auf dem großen Haus, direkt an der Mauer. Die wollen nicht, daß es zu Krach kommt, und deshalb schicken sie alle wieder nach Hause. Ich versteh ja nichts davon, für mich sind die alle gleich; lange Haare und viel Radau machen die, aber die Jugend soll sich ruhig austoben, wir waren ja auch nicht viel besser.«

Andreas und Michael schauten sich an.

»Und da holen die alle aus dem Zug? Wir wollen aber nur jemanden besuchen, sonst nichts.«

»Wenn sie kommen, dann sagt es ihnen, ich weiß

auch nicht, nach was die da gehen.«

Der Zug fuhr in den kleinen Bahnhof ein.

»Los, hier raus.«

Andreas zog Michael aus dem Abteil.

»Na, na, nicht so schnell, wir sind doch noch gar nicht da, es dauert noch ein Viertelstündchen, bis wir am Ostbahnhof sind.« Der Mann schaute den beiden kopfschüttelnd nach. »Diese Jungen, die haben ein Tempo.«

Andreas und Michael sprangen auf den Bahnsteig.

»Da schau mal, der Alte hat doch nicht gesponnen, da vorn steigt die Trapo zu.«

Am Zuganfang stiegen sechs blau uniformierte Polizisten in den Zug. An der Leine hatten sie zwei Schäferhunde.

»Mensch, das war ja Glück, die hätten uns jetzt erwischt, und der Traum wäre aus gewesen. Wir müssen eben so weiter, es sind ja nur noch ein paar Kilometer. Erst mal vom Bahnhof weg.«

Der Zug setzte sich in Bewegung, und Andreas und Michael liefen durch die Unterführung, hinaus auf die Straße. Dort stand ein Schild: »Berlin, fünfundzwanzig Kilometer.«

(*Blende – Musik: »Out of Time«*)

»Und jetzt?«

Michael schaute Andreas an.

»Meinst du, das klappt per Anhalter?«

»Muß ja klappen, irgendeiner nimmt uns schon mit, das wäre ja gelacht, die läppischen fünfundzwanzig Kilometer.«

Sie liefen ein Stück die Straße hinunter und stellten sich dann an die rechte Seite.

Nach einer Viertelstunde hielt ein LKW. Der Fahrer räumte den Beifahrersitz frei, und die beiden stiegen ein. Es war ein Betriebswagen der VEB-Gaststättenbetriebe Berlin.

In der Nähe der Chausseestraße hielt der Wagen, und Andreas und Michael stiegen aus.

»Schönen Dank auch noch fürs Mitnehmen.«

Andreas schmiß die Tür zu, und der LKW fuhr weiter.

Es war am späten Nachmittag, und all die Fahnen hingen schlaff an den Masten.

»Na, dann gehen wir mal in Richtung Brandenburger, oder wie?«

Sie liefen unter den Linden entlang; überall standen Polizeiautos und Mannschaftswagen der Bereitschaftspolizei. Als sie fast am Ende der Allee waren, stießen sie auf eine Gruppe von Jugendlichen, die heftig miteinander redeten.

Andreas und Michael stellten sich dazu.

»Die lassen keinen von draußen nach Berlin. Der ganze Ostbahnhof ist abgeriegelt, und die Zufahrtsstraßen werden kontrolliert. Sie nehmen den Leuten die Personalausweise weg und verlangen von dir, daß du sofort nach Hause zurückfährst. Innerhalb von vierundzwanzig Stunden mußt du dann deinen Ausweis auf dem Volkspolizeikreisamt deiner Heimatstadt abholen. Ist das nicht eine Sauerei?«

Der blonde Junge im zerschlissenen Parka, der gerade gesprochen hatte, spuckte auf die Erde.

»Ja, spielen sie denn überhaupt?«

Andreas hatte sich an den Blonden gewandt.

»Weiß ich nicht, auf alle Fälle spielen die Bullen

verrückt und riegeln hier alles ab. Wir müßten versuchen, in die Nähe der Grotewohl- oder Mauerstraße zu kommen. Da sind wir am dichtesten dran. Wenn das überhaupt noch geht. Schau dir das doch bloß an!«

In Richtung Brandenburger Tor fuhren Autos mit heruntergelassenen Planen. Ab und zu konnte man erkennen, daß im Inneren alle vier Sitzreihen mit Uniformierten besetzt waren. Aus Richtung Marx-Engels-Platz näherte sich eine VP-Streife.

»Los, weg hier, links da rein, es wird bestimmt gleich Krach geben.«

Der blonde Typ stieß Michael an, und alle gingen auf die andere Straßenseite, um dann in die Mauerstraße abzubiegen. Als sie diese erreicht hatten, sahen sie, daß zig junge Leute den gleichen Weg gingen.

»Paß auf, daß wir uns nicht verlieren.«

Michael packte Andreas am Arm.

»Meinst du, die Bullen wollen was von uns? Die können uns doch nicht verbieten, auf der Straße zu laufen.«

Der Blonde hatte gehört, was Michael gesagt hatte, und wandte sich um.

»Mensch, du bist hier in Berlin, und da gelten andere Maßstäbe als bei euch in der Provinz. Außerdem sind die ganzen Bullen hier Sachsen, also ›Landsleute‹ von euch. Die Sachsen sind hier die fünfte Besatzungsmacht. Hier bei uns sagt man: ›Wenn du einen Sachsen triffst, vergiß nicht, ihn zu schlagen.‹«

Der Blonde grinste und haute Michael auf die Schulter.

»Nichts für ungut, Alter, ich mein es gar nicht so. Aber wo du hier hinschaust, überall Sachsen. Die Berliner müssen wegziehen, weil es keine Wohnungen gibt, und die Sachsen machen sich hier breit. Die besten Neubaus haben die. Vom ZK ganz zu schweigen. Wenn ich dem Onkel WU sein: ›Liebe Genossinnen und Genossen‹ schon höre, läuft es mir kalt über den Rücken.«

»Da vorn geht es nicht weiter, was ist denn da los?«

Der Blonde sprang auf einen Mauervorsprung und schrie:

»Die haben da die Straße abgesperrt und lassen keinen durch. Wir müssen zurück und es woanders probieren.«

Hunderte von jungen Leuten machten kehrt, um über eine andere Straße an die Mauer zu gelangen. Durch eine Häuserlücke sah man die großen Neon-Buchstaben, nur wenige Meter entfernt, in den Himmel stechen: »AXEL SPRINGER«.

Plötzlich ein Stau, es ging nicht mehr zurück, das Stück Straße wurde immer voller.

Die Polizei hatte den Rückweg abgeschnitten. Von beiden Seiten gingen untergehakte Bereitschaftspolizisten auf die Masse der Jugendlichen los.

Man versuchte, sie in die Höfe abzudrängen, um sie einzeln zu fassen.

In den Händen hielten die Uniformierten in ihren Kampfanzügen Schlagstöcke, eine Trillerpfeife pfiff, und sie schlugen zu.

(*Blende – Musik: »Street fightin man«*)

»Paß auf, der schlägt!«

Andreas riß Michael zur Seite und zerrte ihn in eine Toreinfahrt. Die Höfe waren die einzige Chance, von der Straße wegzukommen. Darauf hatten die Bullen spekuliert. Die Höfe hatten nach hinten alle keinen Ausgang. Sie waren wie ein Käfig. Man war in ihnen gefangen.

Michael bekam einen Schlag mit dem Schlagstock auf den Kopf. Die Kopfhaut platzte, und Blut lief über sein Gesicht.

»Ich habe doch gar nichts gemacht, warum schlagen Sie mich denn?«

Ein derber sächsischer Fluch war die Antwort, und der VP-Mann riß an seinem Arm. Es machte »Ratsch«, und der Ärmel war ab. Andreas gab dem Bullen einen Stoß, packte Michael an der Hand und zog ihn hinter einige Mülltonnen.

Es war mittlerweile stockdunkel, nur die Scheinwerfer der parkenden VP-LKWs konnte man sehen. Sie wurden mit den zusammengeschlagenen, verhafteten Jugendlichen vollgeladen und dann weggefahren.

»Da, schau mal!«

Der Blonde von vorhin stand im Lichtkegel eines Autoscheinwerfers, und zwei Uniformierte hatten ihn am Genick gepackt und schlugen ihn mit dem Kopf gegen die Mauer. Er schrie und versuchte sich verzweifelt aus dem Griff zu befreien.

Dann haute einer der beiden Polizisten ihm mit dem Schlagstock einige Male auf den Kopf; sie hoben ihn auf und warfen ihn dann auf die Ladepritsche des wartenden Autos.

»Jetzt aber nichts wie weg hier!«

Andreas stellte zwei Müllkübel übereinander und half Michael auf den oberen. Der war immer dabei, sich das Blut aus den Augen zu wischen. Seine Hose, die Jacke und der Pullover waren damit befleckt, soweit man es in der Dunkelheit erkennen konnte. Michael zog sich an der Mauer hoch und reichte dann Andreas eine Hand.

Ein Bulle schrie: »Da sind ja noch zwei« und rannte auf die Müllkübel zu, auf dessen oberen jetzt Andreas stand.

Der gab dem Kübel einen Tritt mit dem Fuß und schwang sich auf die Mauerkrone. Er sah, wie der Inhalt der Mülltonne sich auf den Polizisten entleerte, und sprang dann auf der anderen Seite auf den Boden.

»Wir müssen zu einem Kumpel von mir, damit du dich waschen kannst. Du siehst ja aus wie ein Schwein. Die fangen uns sonst gleich weg in dem Zustand. Er wohnt nur ein paar Straßen hier weiter. Hoffentlich ist er zu Hause; morgen müssen wir ja auch zurück. Aber die Stones, die haben wir nun doch nicht gesehen . . .«

(*Blende – Musik: »Goin' Home«*)

Musik-Titel:

I can't get no Satisfaction
Paint it black
Sympathy for the devil
Cry to me
Tell me
Out of Time
Street fightin man
Goin' Home

Schattenstadt

Leben wir in der Angst,
daß die Zukunft uns die Hoffnung nimmt

I

Einmal hört es auf, das ewige Davonlaufen.

Tom war bei mir gewesen und hatte nach mehreren Tassen Tee ausgepackt. Die alte Geschichte. Jeder kennt sie, einfach nichts Neues. Ich möchte sie nicht erzählen.

Aus dem Fenster heraus sehe ich auf die Autowracks; vergängliche Merkmale einer hohen Zivilisation.

Und da mittendrin sitze ich nun, ab und zu auch ein Wrack.

Aber nicht wegen zu hoher menschlicher Werte, sondern wegen der eigenen Schwäche; die Kluft zwischen dem Gehorchen und dem revoltierenden Ich.

Und dann noch dieser Tom.

Unangenehm, immer wieder mit der Realität konfrontiert zu werden.

Daß ich West-Berlin hinter mir gelassen habe, gibt mir einigermaßen Ruhe. Sicher war es Flucht, aber wer kann schon immer stillhalten.

Hier nun, weit weg, zwischen zwei Städten interessiert es keinen, wer früh das Haus verläßt oder welche Nummernschilder die Autos haben, die da nachts verlassen unter einer Birke stehen.

Unten am Fenster fällt ein Blatt auf die Fensterbank. Es ist Herbst.

Vor einem Jahr war alles noch ganz anders.

Da war ein Haus, wo die Türen keine Klinken hatten, und es war ein anderes Land, ein kleines Land, mit vielen solchen Häusern. Es lagen auch keine Blätter auf Fensterbänken; weit und breit sah man keinen Baum. Alles mußte überschaubar sein.

Nicht einmal die Seele konnte man verbergen; sie lag allzu oft auf der Zunge.

Wieso kommt Tom immer hierher. Es macht mir Gedanken, es macht mich unruhig.

Im Keller schreit die Katze. Hab ich sie vorhin eingesperrt?

Mistvieh, sage ich und streiche ihr über das Fell. Wir beide, glaube ich, mögen uns. Den ganzen Tag über jagt sie Mäuse, und am Abend säuft sie bei mir die Milch. Eine ganze Schüssel voll.

Der Schornstein der alten Ziegelei wirft einen langen Schatten.

Das wäre der richtige Platz für eine Fahne, bloß welche Farbe soll sie haben? Damit keine Mißverständnisse auftauchen, ich bestehe nicht auf der Farbe rot.

Damals, des Nachts an der Grenze, dachte ich, das schaffst du hier nie. Wie soll man denn anfangen, wenn man nicht einmal eine Zahnbürste hat. Der zweite Schlag traf mich, als ich das erste Mal im Supermarkt war. Hätte ich gekonnt, ich wäre freiwillig über die Mauer zurückgeklettert. Da drüben ist doch alles noch in Ordnung und überschaubar. Was sollen wir denn mit sechzig Sorten Wurst?

Es war alles so fremd, so unwirklich und auch so

kalt. Und der Druck war weg, das Mittel, um zu denken und zu arbeiten. Erst später habe ich ihn verspürt; er ist hier in diesem Land unwahrscheinlich subtil.

Aber man kann ihn finden, er ist überall und wirkt überall; er kann auch töten, weil man nie gelernt hat, sich dagegen zu wehren.

Es fehlen hier die staatlich verordneten Zuchthausplätze, die Reibungspunkte für eine Entscheidung. Es fehlt die Anerkennung als Freund oder Feind.

Ab und zu schau ich zurück, in dieses andere Land, und ich wünsche, daß bestimmte Formen bald zu Ende sind. Da zählen wirklich Tage, weil diese sonst für manchen, der da lebt, die letzten sein können.

Wegfahren will ich, irgendwohin, vielleicht ...

Überhaupt, das geht hier so ohne weiteres, das Überschreiten von Grenzen. Das erste Mal hab ich es nicht bemerkt, da fiel mir nur im letzten Moment ein Schild auf: Freistaat Bayern.

Was ist denn das für ein Land, dachte ich, bis es mir einfiel.

Das letzte in diesem Land.

In dieser einen Stadt hier, die nur von Studenten lebt, habe ich so manche wunderbaren und auch kaputten Dinge und Menschen gesehen. Ein Milieu, das man nur begrenzt ertragen kann.

Macht kaputt, was euch kaputt macht; die Kraft liegt in Farbsprühdosen.

Diese endlosen Biertischgespräche und die verkrampfte Koketterie mit flachbrüstigen Frauen.

Es tut mir weh, wenn ich sehe, wie sie weiße Wände beschmieren und sich doch in ihnen wohlfühlen.

Krank macht es mich, wenn ich sehe, wie sie am Wochenende mit ihren Wäschebündeln nach Hause fahren.

Sie kommen dann wieder und erzählen, wie bürgerlich ihre Eltern sind.

Der ganze Mief künstlich aufgebauter Wohngemeinschaften.

Das ist doch keine Befreiung, das ist doch auch nicht das Aufheben der Isolation des einzelnen.

Zuerst dachte ich immer, denen hat man ja hier ganz schön mitgespielt, es ist ja kein Wunder, daß die so kaputt sind. Diese ganzen Möglichkeiten müssen einen ja verrückt machen. Bis mir klar wurde, daß sie nur die Möglichkeiten ausleben wollen, nicht aber diese ändern.

Demnächst keine Mieterhöhung; der Hausbesitzer ist alt und verbraucht.

In der Gemeindeverwaltung legt man mir nahe, wieder wegzuziehen, man brauche hier nicht solche wie mich. Ich gehe ohne Kommentar.

An den Fenstern hinter mir sehe ich bösartige Gesichter.

Bald ist Weihnachten.

Die einjährige Wiederkehr des Abschiebens, von den Kerzen des Christbaumes erhellt, aber nur bei denen, die getauft sind.

Ich habe nie gelernt, Weihnachtslieder zu singen.

Es gibt auch Menschen, die haben nie gelernt zu wählen.

Hoffentlich hören die Hunde einmal auf zu bellen.

Ich kann es nicht mehr ertragen.

Automatisch stehe ich gerade oder lege die Hände

auf die Decke, sollte ich schon im Bett sein.

An was ich dabei denke, brauche ich euch ja nicht erzählen.

Einmal war es gerade kurz vor dem Orgasmus, und wir beide, die Frau und ich, kippten zusammen. Sie ist nie wieder gekommen. Die eine Hand im Schraubstock, in der anderen das Glück; und dann versuche ehrlich zu sein.

Paris, ja Paris, ich muß diese Stadt erleben. Ich muß wissen, ob es stimmt, daß sie die Stadt der Freiheit ist. In Leipzig glaubt man fest daran.

Außerdem könnte es ein Ausflug in die Vergangenheit sein.

Ich möchte dort einmal Modi treffen. Es ist doch so vieles möglich.

Heute morgen lag ein leeres Nest vor der Tür. Es ist sicher vom Baum gefallen. Trotz des Sturmes war es unversehrt, im Inneren klebte noch Flaum. Als ich es in eine Hecke stopfen wollte, zerbrach es.

Ich habe immer versucht, zwei Dinge im Leben nie aus dem Auge zu verlieren. Sich selbst anschauen können, und daraus schließt, sich nicht alles gefallen lassen.

Letzte Nacht hatte ich einen wirren Traum.

Mir wurde ein Preis verliehen.

Als ich dann meine Dankesrede hielt, schauten mich verschiedene Anwesende sonderbar an. Später dann, bei der üblichen kleinen Feier, kam M. aus H. auf mich zu und sagte: »Wir haben noch nie so einen ehrlichen Preisträger gehabt wie Sie.«

Ich verstand ihn nicht und fragte: »Ich denke, Preise bekommt man für Ehrlichkeit.«

II

Es war zu der Zeit, da man in einem ordentlichen Haushalt die Weihnachtskerzen ansteckte, als es klingelte. Mit einem dreitagealten Bart stand Tom vor der Tür. Als ich seinen Mantel aufhängen wollte, klirrte es in der Innentasche.

Im Radio spielte man Lieder des deutschen Komponisten Bach. Auf dem Schrottplatz blinkten zum letzten Male die Lichter der Autos; nach und nach brach der Schornstein der alten Ziegelei zusammen.

Es war Weihnachten.

Die eine Kerze fing an zu tropfen. Der Widerschein an den Wänden wurde länger. Es war ein Haus voller Schatten.

Tom war in die Küche gegangen. Durch die Tür hörte ich das spritzende Geräusch von Fett. Auf dem Teller lagen dann zwei Spiegeleier, das Eigelb floß über den Tellerrand.

Mit Brot wischten wir es auf.

Beim Anstoßen zerbrach eines der Senfgläser. Ich reichte Tom einen Becher aus Ton.

Tom ging zum Fenster und lehnte den Kopf an die Scheibe.

»Weißt du, ich habe gerade daran gedacht, wie ich auf diese Welt gekommen bin. Es ist schon über zwei Jahrzehnte her, es war nach dem großen Krieg. Ich wurde geboren, als meine Mutter mich schon längst vergessen hatte.

Deshalb kann ich mich auch nicht an sie erinnern. Manche Gefühle sind mir fremd, ich habe sie nie erlebt.«

Das Glas des Fensters war beschlagen von seinem

Atem; mit dem Finger zog er kleine Kreise durch das Wasser.

Irgendwo bellte ein Hund.

Ich dachte ein ganzes Jahr lang zurück.

Tom war sehr unruhig, und er ging in die Diele, versuchte zu telefonieren. Die Nummer, welche er immer wieder wählte, war aber besetzt. Sein Blick blieb auf einem DinA4-Blatt hängen, das ich über den Telefontisch gehängt hatte.

In wenigen Zeilen stand da:

Du sagst, daß
dieses Land
ein Land ist.
Aber warum
mußten wir denn dann
aus dem anderen gehen?

Er schüttelte mit dem Kopf, schaute kurz auf und begann wieder, seine Nummer zu wählen.

Anscheinend kam er jetzt durch, denn er sprach mit leiser Stimme in das Telefon.

»Tag, ich bin's, Tom.«

Während des Gespräches strich er sich immerfort mit der linken Hand die Haare aus den Augen.

Im nahegelegenen Dorf begannen die Glocken zu läuten.

Dann machte es »Klick«, und Tom legte den Hörer auf.

»Das war A. Ich hatte ihr versprochen, mich zu melden. Es wäre vielleicht besser gewesen, wenn ich es vergessen hätte.«

Tom griff nach einem Glas und drehte es zwischen den Fingern.

»Sie ist . . . ach, ich mag es jetzt nicht erzählen.«

Ich stand auf, ging an ihm vorbei in den Hausflur. Als ich die Tür nach draußen öffnen wollte, merkte ich, wie mir der Wein in den Kopf stieg. Vor der Tür lag Schnee.

Ich nahm etwas davon in die Hände und zerdrückte den Schnee zu Wasser. Dann fuhr ich mir damit über das Gesicht. Es war angenehm kalt.

Im Briefkasten fing sich der Wind.

Mir wurde kalt, und ich ging in das Haus zurück.

Tom saß am Tisch und zerbrach Streichhölzer. In kleinen Häufchen schichtete er sie vor sich auf. Ohne Systematik. Er hatte bereits zwei Schachteln geleert und diese zerkleinert.

Ich fragte ihn, ob er noch mehr wolle.

»Was sagst du?« Er schaute kurz auf.

»Ach, wegen der Hölzer, nein, es reicht mir.«

Er strich alle zerbrochenen in seine linke Handfläche und warf sie in den Müll.

Es war fast zu früh, als wir uns schlafen legten.

Tom zog die Schuhe aus, stopfte ein Kissen unter den Kopf und rollte sich auf die Seite.

Er murmelte noch ein unverständliches Wort und war sofort eingeschlafen.

Am Morgen kochte ich Tee, Tom sagte mir dann, daß es schon Mittag sei.

Wir gingen spazieren.

Tom schlug den Mantelkragen hoch und stapfte durch den Schnee.

Am Berg verschnauften wir beide. Aus dem Mund quoll der Atem.

Er ähnelte den Abgasen einer großen Fabrik.

Nach zehn Minuten waren wir oben am Kamm.

Vor uns lag tief weiß das grünste Land in diesem Land.

Die Ziegelei stach als Ruine in den Himmel.

Ich blies Tom meinen Atem ins Gesicht.

Es war kalt und klar an diesem Tag.

Schulter an Schulter krochen wir durch den Weißdorn und liefen über das Feld. Braun und klebrig war die Scholle unter dem Schnee. Der Frost hatte sie noch nicht erreicht.

Und neben mir lief einer mit wehendem Mantel, in der Hand einen Tannenzapfen.

Er lachte.

Ich dachte an meine Schwäche, Liebe nicht ertragen zu können, und schaute ihm zu, wie er da schrie und pfiff.

Es war ein wunderbares Gefühl, vom Berg auf die Ebene zu schauen.

Es war die Ruhe einer großen Zeit. Aber sie bricht immer wieder auf.

Wird Motor oder Mechanik einer Gesellschaft.

Wird Freund oder Feind.

Wird Angst oder Glück.

Als durch die Büsche die Dämmerung aufstieg, gingen wir zurück.

Ohne Lachen und ohne große Schritte.

Mir fiel ein Lied ein, ich hatte es irgendwann einmal gehört:

». . . und was wird aus unseren Träumen . . .«

Am nächsten Tag ging Tom; als ich ihn fragte, wohin, sagte er, schon in der Tür stehend: »Keine Ahnung.«

III

Sie war mitgekommen.

Zuerst bemerkten wir Schnee, schmutzigen Schnee und dann eine Wolke von Abgasen. Etwas später sahen wir die Stadt.

Es war kurz vor dem Montmartre.

Als ich sie auszog, war das Zimmer noch kalt.

Ich mochte sie, und deshalb wollte ich sie besitzen, bis mir später klar wurde, daß Besitz Macht ist, und da ließ ich es sein.

Es war eine wunderbare Zeit, und dann traf ich Modi. Rein zufällig.

In einer kleinen Nebenstraße, wo die Häuser grau und verwundet waren, trat er aus einem Bistro, den Mantel offen und die Mütze in der Hand.

Auf seiner Wange brannte eine rote Stelle. Er lächelte verlegen und versuchte sie mit der Hand zu verdecken. Also wieder eine Ohrfeige.

Konnte er seine Zeche nicht bezahlen, was etwas Alltägliches war, zeichnete er immer einen seiner Nachbarn mit Kohle auf die Tischplatte, in der Hoffnung, der freundliche Herr würde seine Schuld begleichen. Es waren ja nur ein paar Franc.

Doch Schläge gab es reichlicher als Nickelmünzen.

Ich gab ihm die Hand; sie war weich und lang.

Dann lud ich ihn zu einem Glas Wein ein, was er dankend annahm. Um die Ecke kannte ich ein Lokal im Keller, schwach erleuchtet und etwas muffig. Dorthin gingen wir, ich stützte ihn, als wir die Treppen hinabstiegen.

»Einen roten für jeden«, rief ich dem Wirt zu, der aus einer Ecke auf uns zukam.

»Na du, wie geht's, dünn bist du geworden.«

Ich sagte es ohne Spott.

Modi lächelte, wischte mit der Hand durch die Luft.

»Man soll sich nicht so viel beschweren, der liebe Gott hört das nicht gern.

Vielleicht bin ich auch wirklich ein schlechter Maler, du siehst ja, daß ich nicht einmal mein Brot damit verdienen kann.«

»Ach was, bin ich etwa ein schlechter Schriftsteller, nur weil ich mir Gedanken machen muß, wer meine Miete bezahlt?

Du weißt doch, wer bestimmt, was Kunst ist!«

Ich hatte mich erregt, lag halb auf dem Tisch.

Der Wirt kam und stellte die Karaffen vor uns hin.

Es war der rote, den wir beide so mochten.

Wir stießen an.

Modi schaute durch den Wein gegen das Licht und sagte: »Wie der Mann mit den roten Haaren, aber weißt du, es will keiner kaufen.«

Danach war er sehr schweigsam, und so saßen wir, der Maler und der Schriftsteller, an einem Tisch, in einer Stadt, bei einem Wein, in einem Land; und waren doch so verschieden.

Als mein Freund den letzten Schluck ausgetrunken hatte, stand er auf und drehte seine Mütze durch die Hände.

»Du, dann mach's mal gut, ich treffe gleich A., es wird sonst zu spät.«

Er gab mir die Hand, an den Fingernägeln war noch Farbe und Leim.

»Übrigens«, er stockte, »übrigens werde ich mich verheiraten.«

Dieser Satz kam sehr langsam bei mir an, so daß ich nur noch ein »was« hervorbringen konnte, als er schon an der Treppe war.

»Was, mit wem, ich . . . .«

Modi drehte sich kurz um und sagte: »Mit der Seine.«

Ich habe ihn nie wieder gesehen.

Nur seine Bilder werden jetzt zu Höchstpreisen gehandelt, und die Biographen kramen in seiner Vergangenheit, die so kurz und trocken war wie der Brotkanten, der ab und zu in seiner Tasche steckte.

Ich erzählte ihr nichts von dem Gespräch, als ich sie dann abholte. Für sie war Modi schon viele Jahre tot. Sie hatte es nicht anders gelernt.

Tagelang konnte ich die Begegnung mit Modi nicht vergessen, und irgendwo im Kopf blieb eine leere Stelle zurück.

Allein war ich nicht, aber ich fühlte mich schuldig, wenn ich sah, wie sie neben mir versuchte, ihren Schmerz zu verbergen.

Ich war so in mir begraben, daß ich ab und zu gar nicht merkte, wie sie an meiner Seite lief.

Es war die Zeit der tiefen Blicke, der kleinen nassen Spuren, von den Augen hinab. So vieles zerriß; wir haben es nie wieder verknoten können.

In der Rue de La Fontaine, zwischen einem Gemüsegeschäft und einem Kohlenhändler, stand mit weißer Kreide an die Wand geschrieben » . . . und dann ging ich zu ihr; es war der Augenblick des kaufbaren Moments . . .«

Als es regnete, blieben auf der Wand nur lange, weiße Nasen zurück.

Das Schlechte wird vergessen; das Positive bleibt in der Erinnerung. Obwohl das erstere mehr prägt als das letztere.

Es ist, glaube ich, eine Sache der Wunden, dieser tiefen Wunden, die viel zu langsam vernarben.

Man erschrickt, berührt man sie versehentlich, und steckt die Hand in die Tasche.

Schmerz ist etwas Unschönes.

Am frühen Morgen verließen wir Paris.

Die Stunde eines einzigen Tages

I

Andreas hob die Hand, als ob er den Dampf wegwischen wollte, der unter der Brücke hervorkroch, und stieß dabei mit dem rechten Schuh gegen das Maschengitter, das zusätzlich am Geländer festgemacht war – als ob man Angst hätte, Maikäfer könnten sich zu Tode stürzen.

Dann ging alles sehr schnell; das letzte, was er spürte, war dieser milchige Dampf, der seine Haare auf der Stirn festklebte, und wie diese unter dem Aufprall der Puffer nach oben weggeschoben wurde. Der Schmerz, der aus seinem Körper zwei Teile machte, kam zu spät.

II

Seine Eltern erfuhren erst nach Wochen, was passiert war. Dem zuständigen Vertreter in der Hauptstadt machte es Mühe, deren Anschrift zu erfahren, und sie glaubten nach Öffnung des Briefes an einen Scherz. Jeder wußte doch, daß Andreas Kunert zur Zeit einsaß, nahe der sorbischen Sprachgrenze, in einem wilhelminischen Backsteinbau. Wie konnte er denn von da auf die Bahngleise kommen, über solch eine Grenze?

Die Eltern fuhren in die Hauptstadt der Republik zu der Vertretung des anderen Landes, und nach einiger Mühe, durch deren Tür zu gelangen – die beschützt wurde –, sprachen sie mit dem Herrn im kleingestreiften Anzug, der ihnen versicherte, man hätte nur das Beste gewollt und dafür viel Geld ausgegeben, es bestände ein Abkommen über den Verkauf von Menschen. Mit dem letzten Zug fuhren beide zurück und verstanden nicht, wieso ihr Sohn hinter den Gittern noch gelebt hatte und jetzt ohne diese tot war.

Blaß war er zwar immer gewesen bei ihren Besuchen, die Schultern stachen ganz eigenartig unter der eingefärbten Uniform in die Höhe, aber das hätte ja alles nur noch zweihundert Tage gedauert, dann wäre die Zeit um gewesen.

Und jetzt das.

Gleichmäßig und dumpf ratterten die Räder der Waggons.

Der Sperrhahn der Gaszuleitung glänzte golden und mußte nach links aufgedreht werden. Gut, daß der Herd fast neu war und die Düsen alle in Ordnung und in Funktion.

Er hatte ihn vor Weihnachten noch einmal nachgesehen wegen des Bratens. Sie schlossen die Verbindungstür, zogen die Vorhänge zu und legten sich auf die Couch, auf der sonst Andreas geschlafen hatte. Den Blick gegen das Poster »Helft Chile« – das sie, die Mutter, immer aus ihrer Küche haben wollte –, und legten die Hände aufeinander. Der Briefträger bemerkte den Gasgeruch, verständigte den Hausvertrauensmann und dieser den Abschnittsbevollmächtigten. Der ließ dann die Tür aufbrechen, welche er nach den erledigten Formalitäten versiegelte.

Auf dem Postamt blieb ein Zettel zurück mit dem Vermerk:

»Einschreiben nicht zustellbar, Empfänger verstorben«.

Der Brief kam aus der kleinen Stadt in Hessen, wo sie alle zuerst hinmüssen.

Als Absender die Städtischen Park- und Friedhofsverwaltungen.

III

Das erste, was ihm auffiel, war die Einteilung der Unterkünfte in ehemalige deutsche Provinzen.

Da gab es das Haus Sachsen, Brandenburg, Anhalt, Mecklenburg I + II. Am Eingang wehte diese fremde Fahne mit dem Fabelwesen auf schwarz-rot-goldenem Grund. Auch das Eingangstor war wie immer aus Eisen, mit gequälter, handgeschmiedeter Schnörkelei und grau gestrichen.

Der Pförtner war für Handtücher, Seife und Bettwäsche zuständig, nahm telefonische Gespräche entgegen und ließ den Namen der Gewünschten ausrufen. Meist kamen Anfragen, ob »Er« oder »Sie« schon da seien und wie lang es noch dauern würde.

Darauf gab es niemals eine Antwort, der Mann hatte Schweigepflicht und hielt sich auch daran. So mußten sie dann mit dem Auto kommen, um nachzuschauen, ob sie »Jene« mitnehmen könnten. Oft war es der Fall.

Der Mann an dem Eingang hob dann den Schlagbaum, der in den Landesfarben gestrichen war, und legte verspielt zwei Finger an den Mützenschirm, lässig zum Gruß.

Andreas war peinlich berührt von der kleinen Tüte, in der zwei Äpfel, eine Apfelsine, Schokolade und eine Schachtel Zigaretten waren.

Am Rande der Bühne, die an der Stirnwand des Speisesaals in das Holz gelassen war, stand ein Tannenbaum mit elektrischen Kerzen.

In sechs Tagen würde Weihnachten sein.

Damit war der soeben eingetroffene Transport der letzte in diesem Jahr; die anderen würden erst wieder im Frühjahr zusammengestellt werden, (so) Anfang April (oder so).

Diese regelmäßige Unregelmäßigkeit war der Kalender bei vielen, die da waren;

das Jahr endete mit dem letzten Transport und fing mit dem ersten wieder an.

Was zwischendrin mit den Tagen und Wochen geschah, ging niemand etwas an, sie existierten in dieser Zeitrechnung nicht.

Das Jahr war da auf zweihundertfünfundsechzig Tage verkürzt.

Die beiden Männer, Rechtsanwälte seien sie, hieß es, fragten jeden nach Auskunft über Zurückgebliebene und Willige für diese Fahrt. Alles wurde notiert und in Speichern gesammelt. Ein ganzes Ministerium wurde damit beschäftigt.

Zwischendurch gab es Stollen und Kakao, auf Weihnachtsmusik hatte man verzichtet, sie erklang nur ein wenig am Anfang und spielte sich immer leiser aus.

Keiner schaffte es, allein zu sein, obwohl sie doch so lange zusammen waren. Tag und Nacht, zuletzt in diesem Bus und nun hier.

Zu sehr immer noch das Gefühl, nicht weggehen zu können, keine Tür zumachen zu dürfen, nicht die Klinke in die Hand nehmen zu können – denn es gab an diesen Türen keine.

Auch war es fremd, das kleine Loch zu vermissen, durch das sonst immer ein Auge sah, auf der Suche nach Verbotenem. Kleine Schritte nach draußen unter einen Himmel, den viele vergessen hatten, ein leichtes Frösteln, denn sie trugen meist nur Jacken oder leichte Sommerhemden, Sandalen und wenig Haar auf dem Kopf.

Wie man sie einst festgenommen hatte, so waren sie nun frei. Doch dort, wo sie jetzt waren, wo sie eigentlich auch hinwollten, kamen immer einige mit an, die das nicht erwartet hatten.

Die Stückzahl wurde der Anzahl der Sitze in den Bussen angeglichen, und es kam schon vor, daß man sich vergriff, daß man auffüllte mit unliebsamen Querulanten. Oder aber auch mit solchen, die dann das Messer hier bis zum Heft in den Rücken eines Taxichauffeurs stießen, um wieder das Schnappen der Riegel zu hören.

Andreas schaute nach oben, sah diesen immergleichen Sternenhimmel und dachte an Schillers Stück über den Verkauf der Landeskinder. Und es ist doch so viel Zeit ins Land gegangen, verändert hat sich da nichts, na ja, gut, die Rechtsanwälte eben. Von Hessen nach – nach Hessen von.

So sagten sie auch, daß man am Morgen ein kleines Geld abholen könne, ein Geschenk für die ersten Stunden, dann müsse es weitergehen, das Schlimmste sei vorüber, und das Wichtigste komme auf sie zu: Diese Freiheit.

Die Betten hatten graue Decken am Fußende mit den Namen der verlorenen Provinzen, so wie die Häuser.

Die, die sich kannten, gingen auf eine Stube, und die, die schon immer Bett an Bett geschlafen hatten, schliefen auch hier nebeneinander. Jeder hatte ein kleines Schränkchen neben sich für seine Sachen. Einen Kamm, Brille und Streichhölzer, einen Ring, eine kleine Dose, Waschzeug.

Zuunterst lag dieses Papier, diese staatliche Urkunde mit dem volkseigenen Wasserzeichen, blaßgraugrün, und dem Emblem in der Mitte. Ein unsagbarer Wert, aufzuwiegen mit Menschenleben. Andreas lag wach, seine Finger im kurzgeschnittenen Haar verschränkt, und fuhr wieder Bus.

IV

Zuerst sah er ihn im Hof stehen, eingekreist von Wachtürmen, und das Gerenne der Wachenden, dann das der zu Bewachenden. Der sehnlichste Wunsch war ein Fensterplatz, viel wichtiger als der Befehl zur Ruhe. Ehepaare trafen sich nach Jahren der Trennung – er im Norden, sie im Süden – endlich wieder. Fast scheu die erste flüchtige Berührung und dann der Blick und dann die Tränen; unzählige weiße Strähnen, die der Friseur nicht wegschaffen konnte.

»Die Kinder, die Kinder . . . .«

»Sie kommen nach.«

Die Autobahn fast leer, die wenigen, die da fuhren, mit Respekt vor den großen, schnellen Bussen, schneeweiß und vorndran der metallene Stern.

Die Rast – gehetzt und geschunden aus der vorgegebenen Zeit – abgesichert gegen alles, was das Vorhaben verhindern könnte. Die beiden zusteigenden Herren versicherten, daß das Vorhaben nicht nur ein Vorhaben bliebe. Es hätte alles seine Richtigkeit. Sie waren von höchster Ebene bestellt.

»Die Kinder, die Kinder ....«

»Sie kommen nach, bald, ja bald ....«

»Sie müssen Geduld haben.«

Das war alles.

Der Bus fährt in Richtung Westen. Das Land hier heißt Thüringen. Der Abend kommt, die Dunkelheit versteckt diese Fahrt, versteckt, was verboten ist und doch erlaubt, versteckt die bleichen Gesichter, die fahlen Haare, die beklemmenden Zärtlichkeiten und die verlassenen Kilometer. Das Land, das kleiner und kleiner wird, jetzt nur noch ein Zipfelchen, versteckt die Bewacher und ihre Absicht. Bald nur noch Straße, Büsche und ein ausgefahrener Wendekreis, etwas weiter lauernde PKWs, mit abgeblendeten Lichtern. Dann neue Busse, im Radio fällt der Name »Persil«.

Westwärts.

Der Schlagbaum war offen, niemand weit und breit. Die Vorhänge an den Postenhäusern zugezogen.

So war es dann auch auf der anderen Seite. Nur, daß es da weniger Lampen gab.

Belegte Brote und Obst, Zigaretten, Limonade aus Weißblechbüchsen und eine Stimme, die begrüßt, dankt und Dank verlangt. Das Land hier heißt Hessen, die Straßen sind besser, und der Nachbar summt das »Deutschlandlied«.

Fahrt – immer weiter weg, immer hinein, wohin?

Wieder ein Schlagbaum, und im Lager heißen die Häuser wie verlorene deutsche Provinzen.

V

Die Musik kam aus Lautsprechern. Jedes Zimmer hatte einen, und im Waschraum standen die, die Bett an Bett geschlafen hatten, nebeneinander. Die Wärme nicht verlieren, die Zahncreme war noch von da.

Nach dem Frühstück das Geld, aber vorher noch zu den Fragern als Befragte, als die, die Auskunft geben müssen über Dinge, die sie gar nichts angehen, die sie nicht kennen, die sie aber kennen müssen – »weil Sie uns sonst kennenlernen«.

Das Bild, – der Blitz gegen den an die Schiene gepreßten Kopf, die Finger in lila Tinte und dann auf weißes Papier, Lebensläufe und eine Versicherung zur Person. Früher, sagte man, war das alles anders.

Die kalten Schuhe gegen warme auswechseln und das Hemd – Spezitex – gegen ein echtes eintauschen. Der elastische Pullover läßt den Kopf wie eine Erbse erscheinen.

Niemand wird gezwungen, die gespendeten Spenden anzunehmen; es kommen ja auch immer mehr Leute als Spenden.

Dann das Geld; später einen Schein mit dem fremden Vogel in der linken Ecke, der genehmigt, daß der

Aufenthalt erteilt wurde. Dazu die Bestimmung, in diesem Bund von Ländern eines zu wählen. Natürlich nicht für immer, aber vorerst.

Viele wußten, was sie sagten.

Wohin hätten sie auch gehen können, wenn nicht zu Verwandten, Verstorbenen und Fremden.

Andreas wollte in den südlichsten Teil und nicht, wie die meisten, in die geteilte Stadt.

Dort, wo dies Land an sein anderes angrenzt; zwanzig Minuten Luftlinie zu der Stadt mit den drei Bahnhöfen. Aber so richtig war das noch nicht fest. Er hatte es einfach erwähnt, ohne viel Gedanken, und man hatte es in die dafür bestimmte Zeile eingetragen. Warum jetzt Streit.

Um was, für was.

Daß es so gekommen war, machte ihm zu schaffen. Nicht, daß er dorthin ging, in dessen Nähe er war, bevor er kam.

Niemand wartete auf ihn, also hatte er Zeit.

Er sah, wie die anderen zum Ausgang gingen in der Hoffnung, draußen bleiben zu können in dieser neuen Welt ohne Rückkehr. Vergessen das andere, die anderen, alles das, was war. Nur noch zu sehen, was ist.

Manche kamen auch gleich weg, wurden erwartet, in Arme geschlossen und dann auf Rücksitze gepackt – wie zerbrechliches Glas.

Am Telefon gab es Andrang. Jeder wollte sprechen mit den Seinen, aber die Verbindung reichte nur für hier, und die anderen haben es dann weitergemeldet mit Brief oder Telegramm.

Es wurden immer weniger, die da standen, und am

Abend gingen sie in die Kantine, um das Geld auszugeben; dort zu lassen, wo sie es bekommen hatten.

Dann dieser Pfiff.

Er stand sekundenlang in der Luft, und Andreas meinte, den Geruch von Bremsöl und verbranntem Fett zu riechen.

Gleichmäßig wiederholte sich der Ton, verbunden mit lautem Zischen und Stoßen.

Hinter dem Zaun, jenseits der Straße war ein Güterbahnhof. Er erkannte jetzt die vertrauten Geräusche, das Schubsen der Puffer und das Klicken der aufeinanderprallenden Sperrhaken. Zu Hause war das auch so gewesen, wie oft hatte er am Westbahnhof zugeschaut.

Der Pförtner sah ihn nicht, als er um die Schranke ging, und konnte deshalb später nicht sagen, wann Andreas gegangen war.

Er ging das Stück Straße nach oben, bis zur Brücke, und bog zu ihr ab. Rechts von ihm war nun das Lager, und durch die eine Scheibe konnte er den Weihnachtsbaum sehen. All seine elektrischen Kerzen brannten, und nur wenige saßen um ihn herum. In den Händen die Büchsen aus Weißblech.

Seine Hand klatschte auf das Eisengeländer, und in diesem Rhythmus öffnete und schloß er auch seine Augen.

Schloß sie wieder, öffnete sie, sah die Signale des Stellwerks, wischte mit der Hand durch die Luft, stieß mit dem Fuß gegen den Maschendraht, roch den Dampf, spürte ihn auf seiner Haut – und fiel.

Lieder und Gedichte

dann fallen ins geteilte Land
die Friedenstauben ein.
wir krümeln schon das Brot für sie
sie solln nicht hungrig sein.

Expression

Kenn ein Land, wo die Blumen aus Glas,
wo die Bäume versteinert sind.
Wo nur dornig wächst das Gras,
wo feurig bläst der Wind.

Kenn ein Land, wo regiert nur die Nacht,
wo der Funke glimmt und erlischt.
Wo man niemals wieder mehr lacht,
wo man Masken trägt, statt ein Gesicht.

Kenn ein Land, wo man Sterne verehrt,
wo man Menschen zu Göttern macht.
Wo man fördert das was verkehrt,
wo man hinter Mauern erwacht.

Kenn ein Land, wo man scharf ist auf Blut,
wo man Kinder zu Greisen macht.
Wo man schlecht ist, und man sagt gut,
wo man's weinen hört fast jede Nacht.

Kenn ein Land, wo die Liebe zum Tod,
wo das nicht sein erstrebenswert ist.
Wo die Menschen in geistiger Not,
wo man eines Tages zerbricht.

Kenn den Tag, wo ein jeder bezahlt,
wo entscheiden wird, wer, wie und wann.
Wo man letztmalig hört einen Schrei,
wo man sich wieder anschauen kann.

Sich selber fremd

Straßenzüge, leer und ohne Namen
inmitten einer grauen, kalten Welt.
In ihnen suchen Menschen Platz für die Liebe
Glut im Herzen, die Taschen ohne Geld.

Geboren in dunklen, kalten Katen
berufen zur guten, starken Tat.
Irren sie ziellos durch die Straßen
der Zukunft lang gehegte Saat.

Und schlafen dann in kalten Betten
der Liebe fern und aus sich selber fremd.
Wärmt dann in diesen harten Zeiten
meist nur das eig'ne Hemd.

Jugend

sie hasten und rennen
sie blicken scheu um sich
und beginnen ein Werk
von dem sie nicht wissen was es ist –
glaubt man.
sie irren ziellos durch die Stadt
und einer flüstert dem anderen ins Ohr
»Mensch, ich hab es satt!«
sie tragen auf den Lippen einen lauten Schrei
und schlucken ihn hinunter, so oft es auch sei
aber trotzdem –
er lebt.

Hundemüde

Wir haben nun das Jahr 1972
welch ein hoffnungsvolles Jahr.
Die Wunden in eurer Brust sind aber
nicht vernarbt –
wehe dem auch!
Sollen sie in einer Nacht zuwachsen?
wo man sie euch doch in
Jahren beigebracht hat.
Diese so schön blutenden Wunden –
die man ja noch benötigt um
Plakate und Wände damit zu beschmieren.
Ehrlich, Freunde –
Seid ihr denn nicht müde von
all dem Rummel und Geschrei?
Doch legt ihr euch schlafen –
dann nicht in Betten und ins Stroh.
Legt euch auf die Stufen der Nation, des Staates –
damit man auf euch tritt
will man die Bluthunde füttern!

Leere Hände

Hineingestampft liegen wir –
in den Straßen unserer Jugend
in den Betten unserer Sehnsucht
in den Fenstern unserer Träume.

Und wissen –
daß ein Lächeln
auf den Lippen stirbt
noch ehe wir es gelacht haben.
Und suchen
einander
nichts wissend über uns
aber
eines gemeinsam –
die Liebe.

die birke

ach birke du stehst da am weg
oh birke du stehst da am steg
es duftet dein starkes holz lieblich und zart
doch weißt du was dich noch erwartet
sag –
aus deinem stamme werden später zur nacht
in der sargtischlerei bretter gemacht
sie werden gefräst gehobelt poliert
das liegen im sarge gleich ausprobiert
gestrichen wie das abbild der nacht
sag hast du das von den menschen gedacht –
und in das gehäuse aus deinem so duftenden holz
lege ich mein haupt
es liegt ruhig und stolz
liegt ganz weich auf sägmehl und leichentuch
mein maul ist ganz still
auf den lippen kein fluch –
kein fluch der das ohr einer birke erreicht
liege ich ruhig da
als lebendige leich

vier zeilen zur nationalen frage

es brennt der heiße bruderkuß, der udssr,
auf unserer Wange glühend rot, der atem fällt uns schwer
es ist der kuß, der uns vereint, in üppigkeit und not,
der eine steigt, der andre fällt, es lebe russischbrot!

der erste tag im mai

auf den plätzen, auf den straßen
menschen hasten, kühe grasen
und man schreit ganz laut hurra,
vor vierzig jahren war das schon mal da!

ach genosse da im zuge,
alles lüge und betrug,
für wen schreist du heut hurra?
alles war schon einmal da!

mit den fahnen, diesen roten,
klopfen sie, es stehen auf die toten
und wundern sich, so laut hurra?
alles war schon einmal da!

damals habt ihr auch gebrüllt,
habt straßen, häuser ausgefüllt,
standet stramm in einer reih,
dann war alles schnell vorbei.

auch die kühe schrien hurra,
alles war schon einmal da!

notiz in einer berliner tageszeitung! (ddr)

beginn des prozesses gegen frau k., 31 jahre alt, wohnhaft in berlin (ost).
frau k. wird beschuldigt, sich in der weihnachtszeit als christkind ausgegeben zu haben und damit eine erhebliche gefährdung der staatsgrenze der ddr begünstigt und heraufbeschworen zu haben. ferner ist zusätzlich eine ermittlung wegen gaukelei in die juristischen bahnen geleitet worden, da es ja überhaupt keine christkinder gibt und diese lediglich in der vorstellung der bürgerlichen welt vorhanden sind.

(der prozeß findet unter ausschluß der öffentlichkeit statt. zugelassen sind lediglich partei und gewerkschaft, sowie der ssd.)

hochachtungsvoll

Die Hundeblume

du, mein freund, laß uns nicht schweigen,
uns nicht neigen vor dem wind
du, mein freund, laß es uns zeigen,
daß sie wissen, wer wir sind

du, mein freund, fang an zu sprechen,
deine worte wiegen schwer,
du, mein freund, wenn sie dann brechen
hör nicht auf, sag noch viel mehr

du, mein freund, sie werden weichen
hundeblumen welken nie
du, mein freund und deinesgleichen
schreit ganz laut, dann wissen sie

Für Steffen Eckardt

Ballade vom Abschied

wer hat uns denn geboren
war es der mutter schoß
hinter all den großen toren
wo wir so viel verloren
war es die kindheit bloß

wer hat uns denn erzogen
uns noch so viel gelehrt
wer hat uns denn belogen
uns tausendfach betrogen
daß das nie wiederkehrt

wer hat uns denn verraten
war es nicht dieser staat
mit all seinen soldaten
den »ersten mai plakaten«
zertrat er uns're saat

wer hat uns denn verboten
daß es auch anders geht
wer hat den strich gezogen
von unten schräg nach oben
und sich dann umgedreht

doch werden wir nie schweigen
zu viel steht auf dem spiel
wir werden uns nicht neigen
nie uns're rücken zeigen
denn es wiegt viel zu viel

wir werden immer wissen
mein freund
auch sind wir nicht mehr da
daß viele uns vermissen
wenn wir die segel hissen
weil es das letzte war

friede doch den hütten / krieg den palästen

gehst du einmal spazieren
durch die zerrissene stadt,
siehst überall die ränder,
sie sind nicht grad und glatt.
und stehst dann vor der mauer,
aus diesem grauen stein,
dann fallen dir vielleicht,
die mauerbauer ein.

ihr habt es ja ganz gut gemacht,
ein strich, da ost und west.
geteilt die ganze menschlichkeit,
weil sie sich teilen läßt.
ihr habt es ja ganz gut gemacht
mit eurer politik,
wer aufstand, sich nicht teilen ließ,
den habt ihr umgeknickt.

und dort im stacheldraht,
hängt heut noch eine hand.
und unten an der spree,
ist blutig noch der sand.

und als herr springer dann,
erbaut im sechziger jahr,
aus stahl und glas sein hochhaus,
da rief man hochhauszar.
wer solche häuser baut,
paläste daraus macht,

der beutet andre aus,
hat man euch beigebracht.

> und doch, fried doch den hütten /
> krieg den palästen
> zerrissen ist die stadt,
> in osten und in westen.

nur kurze zeit danach,
da unten an der spree,
da wuchs aus stahl und glas,
das gleiche in die höh.
erbaut nicht von herrn springer,
erbaut nicht von herrn flick,
erbaute sich die sippschaft
den palast der republik.

erst haben sie die stadt zerfetzt,
egal ob ost und west,
dann haben sie euch vorgespannt
weil ihr so schnell vergeßt,
dann haben sie euch weisgemacht,
da drüben steht der feind,
dann habt ihr den palast gebaut,
in diesen riß hinein.

refrain / friede doch

Die deutsche Reaktion

Die Reaktion am »Ruder«, in Ost und auch in West
sucht einen, den sie prügelt, der für sie die Federn läßt.
Dort heißt er Wolfe Biermann
ein guter Kommunist
der weiß, daß man nichts ändert
wenn man verschwiegen ist.

Der aufreißt weit sein Maul
und viel dabei riskiert
der weiß, daß, wer gewinnt
auch manchmal was verliert.

Der weiß, daß früh am Morgen
der Milchmann kommen kann
die Herren von der Sicherheit
die klopfen niemals an.

Da ist auch noch der Have, der Robert Havemann
der weiß, was das KZ aus einem machen kann
der weiß, daß Stalinismus 'ne üble Sache ist
den Fehler auch vom Flori weiß er, und ihn doch nicht
vergißt.

Die Reaktion am »Ruder«, in Ost und auch in West
sucht einen, den sie prügelt, der für sie Federn läßt.
Hier heißt er manchmal Dutschke,
Heinz Brandt und Franz Villon
die laufen auf der Mauer
dem Stacheldraht davon.

Und lassen sich nicht fangen
vom Mies und Mieserein
von Degenhardt und Festival
von Bockwurst, Bier und Wein –

Von »UZ« und der »Diktatur
des Proletariats«
da haben sie die Schnauze voll
weil's das schon früher gab.

In ihrem und in meinem Land
der deutschen DDR
da gibt es Würste, Bier und Wein
und Knaste immer mehr.

Wir wollen keine Peitsche
und auch kein Zuckerbrot
kein Cottbus und kein Brandenburg
denn Deutschland wird doch rot!

Der eine schweigt, der and're schreit
egal ob Ost und West
es ist der deutsche Michel
daß ihr ihn nie vergeßt.

Der deutsche Frühling

Vor 23 Jahren, im roten Ost-Berlin
da sah man Bauarbeiter die Straßen runter ziehn
sie trugen Transparente, die Norm war gar zu toll
hat man auf sie geschossen, da war das Maß gleich voll

Der Ulbricht hat gezittert, der Hager noch dazu
dann kamen russ'sche Panzer und schafften Todesruh
die Arbeiter wollten Wahlen, gemeinsam, Ost und West
da hat man sie verprügelt, daß ihr das nie vergeßt

Drei Jahre ging'n ins Land, die Donau war blutrot
schoß man in Budapest schon wieder Arbeiter tot
Nikita war sein Name, ein übler Kommunist
der ganz vergessen hatte, daß Ungarn Ungarn ist

Kein Wunder, daß man weinte, bei diesem Größenwahn
was hat Nikita auch den Ungarn angetan
daß er auf fremdem Boden das Schlachten nie sein läßt
doch Stalin fiel vom Sockel, daß ihr das nie vergeßt

Zwölf Jahre später dann, im guten alten Prag
da standen schon wieder Mütter vor ihrer Kinder Sarg
Nowotny mußte gehen, der Stalin auch gleich mit
da wurde rot das Prag, war das der erste Schritt?

Daß endlich Kommunisten, mit Arbeitern vereint
den Sozialismus bauen, da griff der Breschnew ein

als Konterrevoluzzer und Hahn in Stalins Nest
ließ er die Panzer rollen, daß ihr das nie vergeßt

Jetzt kam 'ne kurze Zeit, zwei Jahre, etwas mehr
da krachte es in Danzig, das fiel den Polen schwer
ein zweites 56, der Schlosser und der Schmied
die gingen auf die Straße, weil sonst nichts übrig blieb

Von ihrer harten Arbeit, der Brotkorb hing zu hoch
Gomulka hat geschossen, daß sich das Pflaster bog
da lagen sie in Danzig, die Kugel war ihr Rest
der Lohn für ihre Arbeit, daß ihr das nie vergeßt

Es war auch nicht das letzte, das letzte große Mal
von Panzern und von Fäusten, von Kugel und von Stahl
der Sozialismus siegt, trotz Stalin und der Pest
bald kommt ein Deutscher Frühling, daß ihr das nie vergeßt

Grenzübertritt

Ich ging im deutschen Winter
von Osten hier nach West
auf meinen Wangen froren
die Eiskristalle fest

Das kommt, weil meine Trauer
gehört der Republik
die jenseits dieser Mauer
mich ließ nicht mehr zurück

Es ist das ewig Gleiche
in diesem deutschen Land
die einen werden verschwiegen
die andern werden verbannt

In Greiz, da sitzt der Kunze
»doch noch ein freier Mann«
doch wo sitzt Fuchs und Pannach?
und wo der Havemann?

Wo sitzen wir, die ander'n
der Biermann und der Faust
auch hinter einer Mauer
und sind doch nicht zu Haus

Und warten nah der Grenze
mit Lied und mit Gedicht
daß durch die vielen Strophen
die Mauer einmal bricht

Daß dies zerfetzte Deutschland
sich endlich wieder eint
doch dann nicht mit der Reaktion –
mit . . .

Frage

Du sagst daß –
dieses Land
ein Land ist.
Aber warum mußten wir denn dann
aus dem anderen gehen?

Kleine Erinnerung

für Siegmar Faust

Die, die wir wissen
was es heißt –
eine Tür schlägt zu –
sollten doch versuchen
es gar nicht soweit
kommen zu lassen
daß man sie aufschließt

Eulenspiegel

Ich bin der leise, der nichtschreiende
Eulenspiegel.
Der Narr mit dem verweinten Gesicht –
dessen Augen klirren wie Schellen
wenn der Kopf sich dreht.
Ich bin der schwarze, nichtbuntige
Eulenspiegel.
Der Schelm aus der Gosse –
mit den Farben der Nacht
und der Zunge aus Blei.
Ich bin der traurige, nichtlachende
Eulenspiegel.
Das Spiegelbild, aus zerkratztem Glas –
mit wirren Linien
mein eigenes Ich.
Ich bin der duldende, der Wolfskehlsche
Eulenspiegel.
Der Emigrant, der Schuldige –
der in diesem Land
ein anderes Land suchen muß.

Dieses Land

Er sagte zu mir – Emigrant –
Ich sagte zu ihm – Bürger –
Er sagte zu mir, auf unsere Kosten und überhaupt .....
Ich sagte zu ihm, das kannst du mir doch nicht erzählen
das kannst du mir doch nicht vorwerfen
das kannst du mir doch nicht anlasten
du, das geht doch nicht.
Er sagte zu mir – Emigrant –
Ich sagte, eines Tages vielleicht auch du, dann .....
Er sagte zu mir – Emigrant –
ich lebe hier in meinem Land
und so wird es auch bleiben.

Mauerinschriften

Mauerinschriften, die ihr
Zeugnis einer toten Zeit
festhaltet
die Ohnmacht, die Wut
das Leid derer,
die an dem Grau verzagten.
Schuldige, vertriebene Getriebene
Auswurf einer ganzen Nation
ihr Wanderer
zwischen gestern und dem
Nichtankommen.
Wartet doch an den Grenzen –
auf den Tag der Rückkehr.

Exil 2

Als damals alle gingen
bemerkten es nur wenige.
Am meisten die, die schon
weg waren.
Es kehrten auch nicht
alle zurück.
Später dann.
Danach.

Als jetzt fast alle gingen
bemerkten es auch nur wenige.
Am meisten die, die noch
blieben.
Es kehren aber alle
zurück.
Später dann.
Danach.

Traumreise

Mir träumte ich ginge durch Deutschland
über Hof
durch Plauen
nach Greiz.
Hinter einer Tasse Jasmintee
lugten zwei Augen –
Er war wieder da.
Ich zog nach Norden
in das preußische Berlin.
In seinen Fenstern hingen Lampions
und durch die Tür klang das Lachen
dreier Frauen.
Er war wieder da.
Nun endlich –
wir waren alle wieder
in einem Land.

Was wird bloß aus uns werden

aus diesen vielen kleinen Biermanns und Kunzes
aus diesen Kirschs und Krugs?
Was wird bloß aus uns werden
aus dir und mir, aus uns?
Wohin sollen wir unsere Füße setzen
bei diesem Boden aus Morast?
Wofür sollen wir uns halten
wenn uns selbst der Halt fehlt?
Was wird bloß aus uns werden
wir Kinder einer verlorenen Zeit?
Was wird bloß aus uns werden
durch unser Herz die Mauer geht?
Wovon sollen wir denn sprechen
wenn eine vorgehaltene Hand unsere Worte siebt?
Was wird bloß aus uns werden
wenn dich jeder fragt, Mensch was willst du hier?

Dies Deutschland ist ein Land

Dies Deutschland ist ein
Land von Stacheldraht.
An Grenzen, an Häusern,
im Wald, auf Wiesen,
auf Feldern, auf Koppeln,
in Gärten, auf Zäunen,
in Städten, in Menschen.
Überall.
Dies Deutschland ist ein
Land von Stacheldraht.
In Betten, in Seelen,
auf Lippen, durch Augen,
in Mündern, durch das Hirn.
Dies Deutschland ist ein
Land von Stacheldraht.
überall
überall

Warten auf den Frieden

Es ist eine Stille in dieser Zeit –
ein Schweigen in diesem Land.
Der eine sagt Ja und schweigt –
der andere sagt Nein und verdammt.
Es ist alles so mutlos –
die Bäume tragen Trauer.
Die Lippen sind versteinert –
wie in Berlin die Mauer.
Es ist alles, wie soll ich sagen,
so angstvoll und so leer.
Ich maure meine Fenster zu –
dann sieht mich keiner mehr.
An die Tür kommt ein Siegel, wie ihn Polizisten lieben –
ich siegele mich ein, und warte auf den Frieden.

Hinter der Erinnerung

In Prag bist du geboren
ich weiß, das Wasser der Moldau schmeckte
dir noch nie.
Und jetzt bist du hier
in meinem Land – Land
und lechzt
nach einer Flasche böhmischen Biers.
Warum kamst du
du gegangener?
Ich weiß
wer lebt schon da, wo er gebraucht wird
wer kehrt freiwillig
in den Schoß der Geburt zurück
wenn die Zeugung
ein Versehen war.

Beim Überschreiten
von Grenzen
wird uns so eigenartig.
Wir wissen nie
wer uns wo erwartet.
Und Gastfreundschaft
kann verschieden sein.
Am schlimmsten ist die,
die erzwungen wird –
wo Wasser die Wände hinabläuft,
als salzige Pfütze
sich am Boden sammelt.

Rudi Dutschke

Wenn Mütter sterben, müssen Kinder weiterleben – Aber wie?

1. Von Staat zu Staat. Heißt das von Land zu Land in unserem Falle?

Wie ich mich doch in so manchen Gedichten, in der dort literarisch gefaßten Kritik der Verhältnisse in der DDR des Gerald Zschorsch wiedererkennen kann. Obwohl die historischen und persönlichen Erfahrungen elementare Unterschiede aufweisen.

Die Nähe ist für mich am deutlichsten in dem Gedicht *Von Ost nach West*. Nähe und Differenz werde ich später noch genauer nachweisen.

In *Von Ost nach West* heißt es:

Die Sitze im Auto waren weich und bequem
Ein gutes Auto!
Westdeutsche Wertarbeit.
Ich stieg aus.
An der deutsch-deutschen Grenze. Ein eigenartiges Gefühl.
Gehen Sie schon, sagte der Mann vom Staatssicherheitsdienst zu mir.
Hier ist die Reise zu Ende.

In dieser ersten Hälfte des Gedichts kann der junge Autor schon etwas so scharf fassen, was die moskowitischen Legitimationswissenschaftler u.a.m. nicht einmal in riesigen Büchern über die DDR erreichen bzw. erreichen dürfen.

Die ökonomische Bezogenheit und Abhängigkeit der Partei- und Staatsbürokratie vom kapitalistischen Weltmarkt im allgemeinen und der Bundesrepublik Deutschland im besonderen ist offenkundig. Neben der so richtigen Einschätzung ist allerdings bei Gerald Zschorsch die für den DDR-Bürger noch schier unvermeidliche unkritische Befangenheit der westdeutschen Wertarbeit zu sehen. Eigenartig, wie da unkritische Einschätzungen in bestimmten Augenblicken und Zusammenhängen der realen Wahrheit näher sind als *kritische*. Was für ein spezifischer Reisezustand! Da wären viele froh und so manche tief unglücklich!

Gerald Zschorsch fährt fort:

Reise? – bei Nacht und Nebel, wer reist da schon?
Ich war am Ende.
Ging auf dem letzten Meter DDR-Gebiet in Richtung
Westen.
Nach dreiundzwanzig Jahren wurde ich nicht mehr gebraucht,
mußte mein Land verlassen.
Hier in dem Land, in welchem ich geboren
wurde, ging ich von Deutschland nach Deutschland, in
das Exil.

Gerald Zschorsch sieht die DDR als ein eigenes Land, die BRD als ein anderes, – auch wenn der Begriff *Deutschland* auftaucht. Die *Deutsche Demokratische Republik* und die *Bundesrepublik Deutschland* werden bei ihm nicht als vorübergehende Staatsformen, sondern als zwei Länder verstanden.

Ich fragte den Autor sofort nach dem Lesen dieser

Stelle von der fragwürdigen, aber fürs Überleben geeigneten Lage in Aarhus aus, ob hinter *Exil* ein Punkt oder ein Fragezeichen wirklich stehen sollte. Er sagte: »Real steht ein Punkt, so wollte ich es haben. Aber vielleicht ist das Fragezeichen tatsächlich korrekter.«

Nun bin ich mir da nicht mehr sicher. Die *Differenz* zwischen den in der DDR-Zeit (bzw. BRD-Zeit) Geborenen und den Kriegskindern des *Dritten Reiches* ist groß.

Gerald Zschorsch ist 1951 in Elsterberg (Vogtland) als Sohn eines KZ-Gefangenen und einer kommunistisch orientierten Familie geboren. Die Identität eines solchen Menschen mit der DDR hat einen anderen Zusammenhang als die Nicht-Identität von vielen der Kriegskindergeneration.

Von der Verbundenheit mit der DDR ist in dem Gedicht des Ende 1974 aus der DDR Vertriebenen viel zu spüren. Trotz der Auseinandersetzungen mit der Staatsgewalt, trotz der Abwendung der SED-Eltern von ihrem die Okkupation der CSSR tief ablehnenden Sohn, trotz Gefängnisaufenthalten.

Für ganz wesentlich halte ich im zweiten Abschnitt des Gedichtes den Satz: »Nach dreiundzwanzig Jahren wurde ich nicht mehr gebraucht.« Bitterkeit taucht da auf und ein noch unausgedrücktes Gefühl, ein *Austauschwert zwischen Regierungen* geworden zu sein. Ja, wie doch ein junger Literat und Sozialist viehisch verkauft und abgeliefert werden kann. Um die Innen- und Außenpolitik der jeweiligen Regierungen *abzusichern*. Durchaus schon 1974 und früher.

Wie ähnlich und doch so ganz anders war der Prozeß des Übergangs *in den Westen* bei mir. Als ich die DDR verließ, war Gerald Zschorsch 10 Jahre alt. Beim Abschied von zu Hause in Luckenwalde konnte ich noch zu meiner weinenden Mutter sagen: Du, bin mit Sicherheit schnell wieder zurück. Ihr habt mit eurer Annahme bestimmt unrecht. Will doch unbedingt bald wieder mit den Brüdern unsere glänzend wachsenden Pflaumen von den Bäumen runterholen. Damit du wieder deinen so schmeckenden Pflaumenkuchen machen kannst.

Ich lachte, Mutter weinte, Vater war äußerst ernst und die Brüder sprachlos – das Motorrad setzte sich in Bewegung. Die letzte Polizeikontrolle am Rande der Stadt, in der ich ca. 20 Jahre gewohnt hatte, konnte am 11. 8. 1961 überwunden werden. Mein Mitfahrer kannte einen der dortigen Polizisten und verwies auf unsere Reise an die Ostsee. Der Weg nach Teltow war an diesem Tag noch frei dadurch geworden. Die dortige S-Bahn bewegte sich noch, wir stiegen ein und waren bald in West-Berlin. Zwei Tage später begann der Bau der Mauer. Notwendig für die Regierung der DDR und eine Qual für Millionen Menschen. Ich sehe es noch wie heute. Als die Mauer stand und die erste Dunkelheit der Nacht kam, machten sich mehrere von uns, die wir in West-Berlin das 2. Abitur *nachgeholt* hatten und die Spaltung nicht anerkennen wollten, an die Mauer heran. Neben den von uns produzierten Protestpapieren auf der Grundlage der UNO-Konzeption, die wir rüberwarfen, zogen und zogen wir mit einer Schnur an der Mauer. *Die Schnur riß, aber nicht die Mauer*. Das drückte in der Tat die neue Lage aus, allein zu sein und weiterleben zu müssen. Unsere Generation konnte bis zum Bau der Mauer noch bleiben *oder* geher. Dies läßt sich mit der Situation von Gerald Zschorsch nicht vergleichen.

1958 war es an der Hauptmann-Oberschule für mich in einer Vollversammlung noch möglich gewesen, an das Rednerpult zu treten, gegen die Spaltung des Landes vom Standpunkt eines sozialkritischen Christen den deutschen Sozialismus zu propagieren und die herrschende Bürokratie anzugreifen. Wie undeutlich oder falsch auch immer. Dennoch war diese Rede deutlich genug, um einen spontanen Riesenbeifall zu erhalten. Das Resultat am Ende dieser 12. Klasse war eine Herabstufung des realen Urteils von *gut* auf *genügend* wegen *ungesellschaftlichen Verhaltens*, eine Verunmöglichung des Journalismus-Studiums in Leipzig, eine *Bewährungs*-Ausbildung als Industriekaufmann in der Textilfabrik; war ein erneuter Versuch der Armeeoffiziere und der Partei, mich für die Armee zu *gewinnen.*

Aber das Gefängnis stand für mich noch nicht zur Debatte in der DDR.

Ganz anders aber seit dem Bau der Mauer, im besonderen seit der Okkupation der CSSR durch die Armeen des Warschauer Paktes.

2. *Gefängnis und ähnliche Brüche*

Selbstzerstörerische, gebrochene, gekrümmte oder selbstkritisch neu sich aufrichtende Denk- und Verhaltensweisen drücken sehr oft den alten und nach der Freilassung neuen Gang von Menschen aus. Mit den verschiedensten Verknotungen und Übergängen.

Gerald Zschorsch macht in den Gedichten und Berichten über seine Gefängniserfahrung den Versuch, eine solche spezifische Lage unter verschiedenen Aspekten zu verdichten bzw. einfach zu berichten über die *Freistunde*. In *Montag / 1. Tag* heißt es da:

Ha, Freistunde – wieso überhaupt »Stunde«, wo es doch nur 15 Minuten waren, allein in einem Käfig, in einer Box, von 4 mal 3 m. Über dir ein Posten mit Maschinenpistole oder nur Pistole, manchmal waren es auch zwei.

Sport zu machen war verboten – Gymnastik war erlaubt ...

Wie sich politische Isolationshaft doch ähneln und dennoch die Differenz nicht unbeachtet bleiben darf.

Beim Lesen dieses Abschnitts über die Gefängnissituation stellte ich mir immer wieder die Frage, ob die westdeutschen Gefängnisse mit den ostdeutschen, die in DDR und BRD, gleichzusetzen sind.

Aus diesem Grunde schaute ich mir noch einmal einen Brief von K. H. Roth aus dem westdeutschen Gefängnis (1976) an. K. H. Roth, der die Knastverhältnisse in der BRD zu erleiden hatte, den Versuch der Psychiatrisierung der Gefangenen erfuhr und durchschaute, schrieb aus dem Gefängnis nach dem Lesen von R. Kunzes Buch *Die wunderbaren Jahre:* » ... die ostdeutsche Knastrealität ist, im Vergleich zu hier, ebenfalls hyperdespotisch und überprovozierend. In den Allgemein-Freistunden muß Abstand gehalten werden, keiner darf mit dem anderen quatschen, Du mußt Männchen bauen, wenn der Schließer kommt, etc. Das gibt es hier nicht – seit 1967.«

Diese Einschätzung der Gefängnislage in der DDR wird durch Gerald Zschorsch bestätigt und bis in Details gebracht am Beispiel der Situation des dortigen Menschen am Abend und in der Nacht:

> Lichtkontrolle nennt man das. Und schlafen – nur auf dem Rücken oder mit dem Gesicht zur Zellenmitte – auf dem Bauch oder mit dem Gesicht zur Wand schlafen ist verboten. Wer sich doch einmal »verlegt«, wird geweckt, ein Schlag mit dem Schlüsselbund gegen die Tür. Die Hände immer auf der Decke, wer kann da noch onanieren? Wer schon? Man hört, wie das Haus atmet, wie es lebt und doch tot ist! Und dann immer dieses Licht. Am Anfang schläft man nur zehnminutenweise, später gibt sich das. Wer gewöhnt sich wohl nicht? An das Licht ja, aber nicht an den Zustand!

Da werden in den einzelnen Gedichten und Berichten so viele Phänomene und Fakten einer hyperdespotischen Knastsituation durchschaubar gemacht.

Allerdings bin ich mir sicher, daß der Autor die ganze Tiefe dieser seiner Lebenserfahrung noch nicht wirklich aufgearbeitet hat. Damit meine ich den in den Gedichten fast gar nicht auftauchenden Ablauf des täglichen, des neunstündigen Arbeitsprozesses und der oftmaligen Sonderschichten am Wochenende. Das Entstehen des ca. 480-530 DM-Lohns, die Hundearbeit, die Abschrupperei, das Entgraten von Gießereiteilen, um mitzuhelfen, Pentacon-Kameras entstehen zu lassen, hohes Staatseinkommen zu ermöglichen usw., erfuhr ich allein aus persönlichen Gesprächen und einzelnen Fragen, die sich mir nach dem Lesen der Gedichte stellten. Das Gedicht über die Kameras reicht beileibe nicht. Die reale Lage des Produktionsprozesses im Gefängnis genauer zu durchschauen scheint mir sehr wichtig zu sein, um keine Unklarheiten entstehen zu lassen. Der immer wieder in Haushaft (politische Isolationshaft) gehaltene Freund und Genosse Robert Havemann hat zweifellos recht, darauf zu verweisen, daß die DDR den Archipel Gulag nicht kennengelernt habe. Ob er allerdings korrekt ist in der Annahme, bedeutende Fortschritte »auf dem Gebiet des Strafvollzugs« in der DDR in letzter Zeit vorgefunden zu haben, muß nach den Berichten gerade der politisch Gefangenen bezweifelt werden.

Wenn besonders Havemanns und Wolf Biermanns Freunde, die erst vor wenigen Wochen aus der DDR bei Androhung einer 10jährigen Strafe *vertrieben* wurden, genauer über ihre Gefängnisbedingungen berichten, so wird unser Bild, unsere Kritik an den Verhältnissen deutlicher werden können.

Bei Gerald Zschorsch jedenfalls heißt es in *Die Anstalt:*

Und davor noch das Prädikat »sozialistisch«.
Eine schöne Scheiße!
Hast du die Hunde an der Mauer gesehen?
Und davor noch den elektrischen Zaun?
Überall die Wachtürme, und wie die Leute hier aussehen!
Mein Vater hat mir mal was von Buchenwald erzählt,
von dem KZ im Dritten Reich!
Da muß es auch so gewesen sein!
Du meinst, wie hier?
Ja, auch wenn das jetzt alles anders heißt!

Was für eine absurde Situation in diesen beiden deutschen Staaten von heute. In einer staatlich organisierten Großveranstaltung in Ost-Berlin (Hauptstadt der DDR) spricht ein Repräsentant von der bundesrepublikanischen *Kappler-Gesellschaft* am 11. 9. 1977; ein vertriebener Sohn der DDR, der Sozialismus und Menschlichkeit nicht voneinander zu trennen vermag und gerade darum einen sozialistischen Standpunkt einzunehmen vermag, behauptet das Gegenteil. Ohne den Kapitalismus der BRD und die Notwendigkeit seiner Bekämpfung aus dem Auge zu verlieren.

Ich kann seine Gefängniserfahrung nicht teilen, kaum jemand kann Gerald Zschorsch da beneiden. Aber den phänomenologischen Faschismus-Vorwurf gegen die DDR halte ich für unscharf, so unscharf wie den neuen Faschismus-Vorwurf gegen die heutige BRD. Die aktuellen Relikte und Personen aus dem *Dritten Reich*, die Herrschaftskrise in der DDR und die Legitimationskrise der bürgerlichen Gesellschaft der BRD zeigen nicht ein neues Wiederentstehen des *Dritten Reiches*, sondern reale Zersetzungsprozesse einer Gesellschaft an. Genauer, eine Zersetzung der beiden bisher *so starken* deutschen Staaten ist nicht mehr auszuschließen. Genausowenig wie die politisch-militärische Konfrontation, wenn es zu keiner Verfestigung der Entspannung durch reale Entmilitarisierung kommt. Die Krise der beiden Systeme nimmt zu, ein Genuß kann uns schwerlich bevorstehen.

> Daß dies zerfetzte Deutschland sich endlich wieder eint (G. Z.)

ist in absehbarer Zeit nicht denkbar. Und dennoch läge wahrscheinlich darin die einzige wirkliche Garantie für den Frieden in Mitteleuropa.

Kein Sozialismus ohne Demokratie, keine Demokratie

ohne Sozialismus – dieses Konzept von Rosa Luxemburg ist so aktuell wie eh und je. Damit in beiden (!) deutschen Staaten zu arbeiten ist die einzige Garantie für die Zurückgewinnung oder für das Herantasten an die Glaubwürdigkeit den unterdrückten, beleidigten und nach Freiheit sich sehnenden Menschen gegenüber. Für die Erkämpfung der eigenen Identität. Wie wichtig ist da gerade für (aber beileibe nicht nur) die Menschen in der DDR das Buch von Rudolph Bahro, dieser neue politisch-theoretische Aufschwung und Stoß aus der DDR für die Sozialisten und Kommunisten demokratischen Typus'.

Auch dieser junge Künstler Gerald Zschorsch wird nach dem Lesen von Bahro, z. B. bei der nächsten literarischen Verdichtung mit Sicherheit an Schärfe und Deutlichkeit gewinnen können.

G. Lukács verwies in seiner letzten Skizze auf die alte erkenntnistheoretische Fragestellung nach dem Entstehen von Kunst: »Es gibt Kunst, durch welche historische Notwendigkeit entstanden? Was war und ist real Funktion in historischer Entfaltung des gesellschaftlichen Seins?« Gerade über Entstehung und Wirkungskreis der Kunst in der DDR ist bisher eine solche Fragestellung kaum angegangen worden, die Wahrheit der Geschichte mußte darum notwendigerweise vernebelt werden durch die herrschende Partei- und Staatsbürokratie. Wie die Herrschenden in der BRD die DDR-Literatur allein funktional betrachten und damit erniedrigen.

Inhalt

edition suhrkamp. Neue Folge.

1
Gertrud Leutenegger: Lebewohl, Gute Reise
Ein dramatisches Poem

2
Hans Georg Bulla: Weitergehen
Gedichte

3
Von nun an: Neue deutsche Erzähler
Herausgegeben von Hans-Ulrich Müller-Schwefe

4
Franz Böni: Hospiz
Erzählung

5
Bodo Kirchhoff: Body-Building
Erzählung, Schauspiel, Essay

6
Thomas Bernhard: Die Billigesser

7
Sinclair: Der Fremde
Erzählung

8
Octavio Paz: Suche nach einer Mitte
Die großen Gedichte. Spanisch und Deutsch

9
Tove Ditlevsen: Sucht
Erinnerungen

10
Hoffnung auf Frühling
Moderne chinesische Erzählungen
Band 1: 1919–1949

Hundert Blumen
Moderne chinesische Erzählungen
Band 2: 1949–1979

11
Paul Feyerabend: Erkenntnis für freie Menschen
Revidierte Ausgabe

12
Norbert Elias:
Der bürgerliche Künstler in der höfischen Gesellschaft
Am Beispiel Mozart

13
Stanisław Lem: Dialoge

14
Leo Löwenthal
Ein autobiographisches Gespräch
mit Helmut Dubiel

15
William G. Niederland:
Folgen der Verfolgung: Das Überlebenden-Syndrom

16
Politik der inneren Sicherheit
Hrsg.: Erhard Blankenburg

17
Der gerechte Krieg. *Christentum, Islam, Marxismus*

18
Darcy Ribeiro: Unterentwicklung, Kultur, Zivilisation
Essays

19
Uwe Johnson: Begleitumstände
Frankfurter Vorlesungen

20
Walter Benjamin: Moskauer Tagebuch
Vorwort von Gershom Scholem
Hrsg.: Gary Smith

21
Dieter Leisegang: Lauter letzte Worte
Gedichte und farbige Miniaturen

edition suhrkamp. Neue Folge.

22
Renate Rubinstein:
Nichts zu verlieren und dennoch Angst
Vorwort von Norbert Elias

23
Hanna Krall:
Schneller als der liebe Gott
Vorwort von Willy Brandt

24
Roberto Calasso:
Die geheime Geschichte
des Senatspräsidenten
Dr. Daniel Paul Schreber

25
Nicolaus Bornhorn:
America oder Der Frühling der Dinge

26
Winfried Menninghaus:
Paul Celan. Magie der Form

27
Claude Lévi-Strauss: Mythos und Bedeutung

28
Der Neger vom Dienst. *Afrikanische Erzählungen*
Hrsg.: Rüdiger Jestel

29
Rainer Malkowski: Das weiße Schloß
Erzählung

30
Roland Barthes: Leçon/Lektion

31
Das kontrollierte Chaos. Die Krise der Abrüstung

32
Die Museen des Wahnsinns und die Zukunft der Psychiatrie
Hrsg.: Manfred M. Wambach

33
Alejo Carpentier: Stegreif und Kunstgriff
Essays

34
Ernst Kris/Otto Kurz: Die Legende vom Künstler
Ein geschichtlicher Versuch

35
Horst Antes: Künstler machen Bücher
Hrsg.: Klaus Gallwitz